HEYNE BÜCHER

HAFFMANS KRIMINALROMANE
BEI HEYNE

REGULA VENSKE

Kommt ein Mann die Treppe rauf

KRIMINALROMAN

WILHELM HEYNE VERLAG
MÜNCHEN

HAFFMANS KRIMINALROMANE BEI HEYNE
Herausgegeben von Gerd Haffmans und Bernhard Matt
Nr. 05/106. Im April 1995

Die Erstausgabe erschien 1993
im Kellner Verlag, Hamburg

Einzig berechtigte Taschenbuchausgabe
Wilhelm Heyne Verlag GmbH & Co. KG, München

Printed in Germany 1995
Konzeption und Gestaltung: Urs Jakob
Umschlagillustration: Andrea Schmidt, München
Umschlaggestaltung: Atelier Ingrid Schütz, München
Gesamtherstellung: Ebner Ulm

ISBN 3-453-08108-0

Kommt ein Mann die Treppe rauf.
Macht: Klingelingeling!
Klopf! Klopf! Klopf!
Sperrt die Tür auf:
Guten Tag, Fräulein Nase!

Jede Ähnlichkeit mit zufällig lebenden Personen und Vorkommnissen unter deutschen Dächern und auf deutschen Straßen ist zwar nicht erwünscht, aber mitunter leider unvermeidlich.

1. Kassette

Das Kind war nur mit einem kurzen, verwaschenen Unterhemdchen und einer Plastikwindel bekleidet. Es saß im Gebüsch, mitten im Dreck, zwischen weggeworfenen Coladosen, gebrauchten Papiertüchern, einer Plastiktüte und Zeitungsfetzen. Hätte nur noch ein benutztes Gummi gefehlt. Da hockte es wie das Sterntalerkind im Nieselregen und spielte mit einer leeren Bierflasche.

Engelchen, was machst du denn da! Und so eine nasse Windel!

Damit hätte man keine Reklame mehr machen können, sie hing schon richtig schwer herunter. War sicher seit dem Vorabend nicht mehr gewechselt worden. Ich kannte die Kleine, sogar recht gut. Ihre Mutter war vor einem Jahr in den vierten Stock unseres Hauses gezogen, in die Mansardenwohnung, in der Frau Süskind früher gewohnt hat. Seit dem Frühjahr spielte Engelchen, oder Engelke, wie sie richtig hieß, morgens regelmäßig auf meinem Spielplatz. Wie kann man ein Kind nur so taufen? Na ja, ob sie wirklich getauft war, weiß ich nicht mal, ich würde meine Hand nicht dafür ins Feuer legen wollen. Aber der Name ist doch komisch, oder? Hatte irgendwas zu tun mit einer Sache, die die Mutter im Radio hörte, in der Taxe auf dem Weg ins Krankenhaus, ich bring's im Moment nicht mehr zusammen.

Mein Spielplatz, müssen Sie wissen, ist der von mir betreute Kinderspielplatz in der Grünanlage zwischen Hölderlinsallee und Hanssensstraße. Jeden Morgen zwischen neun und dreizehn Uhr führe ich da die Aufsicht. Eine sehr gute Einrichtung. So etwas gibt es, glaube ich, nur in Hamburg. Die Mütter können einholen gehen und in Ruhe kochen und bügeln oder von mir aus auf der faulen Haut liegen. Manche hetzen auch hierhin und dorthin, zu irgendwelchen schlechtbezahlten Jobs, oder nach Hause, wo die Heimarbeit wartet. Heimarbeit, deretwegen die Hausarbeit dann liegenbleiben muß. Na, geht mich ja nichts an.

Derweil spielen ihre Gören auf meinem Spielplatz, und ich passe auf sie auf, die Babies, Krabbel- und Kleinkinder, die noch nicht im Kindergarten sind. Aktion Kinderparadies, so nennt sich unser Verein; Frischluft und Boxen, sagt der Hamburger Volksmund. Pro Stunde kostet das eine Mark. Im Grunde arbeite ich also rein ehrenamtlich. Ich habe es ja nicht nötig, mit Willys Rente komme ich gut zurecht, und Wulf zahlt natürlich sein Kostgeld bei mir. Aber ein Zubrot kann auch nicht schaden.

Engelchen nahm ich nun schon seit bald einem halben Jahr mit auf den Spielplatz. Das heißt, meist wurde sie erst am späteren Vormittag von ihrer Mutter gebracht. Die schlief ja immer so lang und schaffte es nur selten, morgens pünktlich um zehn vor neun fertig zu sein. Ein paarmal war es nur vorgekommen, daß ich Engelchen gleich morgens mitnehmen konnte. Aber in der Regel brachte Frau Kaempfe sie später, so gegen halb elf, elf.

Dann konnte Engelchen noch zwei Stündchen in der Sandkiste buddeln, Kuchen backen und sich mit Sand beschmeißen oder Dreirad fahren und mit den andern um die Wette ihre Bananenscheibchen und Apfelspalten vom Obstteller futtern. Ich achte ja immer darauf, daß sie was Gesundes kriegen. Nicht nur dieses süße Gummizeugs und die ewigen Cracker, mit denen ihre Mütter sie vollstopfen, bloß damit sie ihre Ruhe haben. Mittags nahm ich Engelchen dann in der Regel mit nach Hause und lieferte sie bei ihrer Mutter ab – Gott habe sie selig, das arme Ding.

Kindchen, Kindchen, was machst du denn da?

»Mama ßäft«, antwortete Engelchen und streckte mir ihre Ärmchen entgegen.

Erst mal stellte ich den Proviantkorb ab. Die Blätter raschelten unter meinen Füßen, als ich durch das Gebüsch schritt, ein paar Spatzen stoben davon. Nur die beiden dicken Tauben unter der Bank und der Penner darauf ließen sich von mir nicht beeindrukken. Der Kerl schlief wohl seinen Rausch aus, jedenfalls lebte er. Ich hörte ihn schnarchen, und die Tauben waren damit beschäftigt, die Reste seines Picknicks vom Abend aufzuklauben. *Ruckediguh, ruckediguh, Blut ist im Schuh*. Aufdringliche, geschäftige Kaffeetanten. Machen nichts als Dreck und verbreiten Krankheitskeime. Die Ratten der Luft, so nennt man sie zu Recht.

Ich nahm die Kleine auf den Arm, sie bibberte am ganzen Körper. Kein Wunder, wir hatten ja schon Oktober, und sie hatte da gehockt, als sei dies der

Strand von Mallorca und nicht die Grünanlage beim Semperplatz.

In dem Moment, in dem ich das Kind auf den Arm nahm, fing es an, wie am Spieß zu brüllen, und versuchte, sich aus meinen Armen zu winden. Wie ein kleiner Fisch zappelte es und stemmte sich gegen mich und machte sich schwer. Aber ich hab' ja Erfahrung mit diesen Trotzköpfchen, ich griff fest zu und redete beruhigend auf die Kleine ein.

Engelchen, min Deern, wie kommst du nur hierher?

Ihre Mutter hatte sie zwar schon oft zu dünn gekleidet auf den Spielplatz gebracht, Leibchen und Strickwäsche und Schalmützen sind heutzutage ja nicht mehr selbstverständlich. Soll ruhig ein bißchen kratzen, das fördert die Durchblutung, hab ich zu meinem Dicki immer gesagt. Heute ziehen sie ihnen ja oftmals nicht mal mehr Unterhemden an. Aber so hätte selbst Fräulein, pardon, Frau Carmen Kaempfe ihr Kind nicht laufen lassen.

Überhaupt, laufen lassen konnte man die Lütte doch noch gar nicht allein, sie war ja man gerade erst knapp über zwei Jahre alt. Zwei Jahre und drei Monate genau, obwohl sie gut und gerne als Zweieinhalbjährige durchgehen konnte. So kräftig war sie gebaut, fast stämmig, und strotzend vor Energie, wie ich nur zu gut wußte. Nur mit der Sprachentwicklung haperte es mächtig, da fehlte ganz einfach die Anregung von zu Hause.

»Mama ßäft«, sagte das Kind auf meinem Arm und guckte mich erwartungsvoll an.

Na, du Teufelchen, bist wohl ausgebüxt, was?

Inzwischen warteten schon einige Mütter vor dem Spielplatztor, auch ein Vater – ein Arbeitsloser oder ein Student? Das hatte ich immer noch nicht herausgekriegt. Ich mußte mir also schnell etwas einfallen lassen.

Zum Glück bewahre ich immer etwas Wechselwäsche und warme Sachen in meinem Spielplatzhäuschen auf, Gummistiefel und abgetragene Kleidung von den älteren Geschwistern, um die ich die Eltern bitte und die ich meinen Gören überziehen kann, wenn es plötzlich anfangen sollte zu regnen oder wenn sie sich beschmutzen. Was heißt beschmutzen, total einsapschen tun die Rangen sich doch, so in der Mottke rumpatschen ist ja was Feines für die, ein Fest. Anale Phase nennt man das. Heute hat man ja für alles schöne Namen, und auf der Fortbildung vom Verein haben sie gesagt, daß diese Zeit sehr wichtig sei für die Sauberkeitserziehung später, obwohl's ja widersprüchlich klingt. Ich lasse die Kleinen also gewähren.

Aber in meiner Wohnung möchte ich sie mittags, wenn ich ehrlich sein soll, nicht für geschenkt haben, dreckig wie sie sind. Ich frage mich immer, wie die Mütter das bewerkstelligen: vor der Tür im Treppenhaus ausgezogen und über den teuren neuen Teppichboden getragen und gleich mit den nassen Plünnen in die Badewanne? So ungefähr stelle ich mir das vor. Und dann das Geschrei, weil sie hungrig sind und müde und die Seife in den Augen brennt! Also mittags, ne, da bin ich froh, wenn ich dann meine Ruhe habe. Solange sie bei mir sind und auf dem Spielplatz spielen, da sind sie ja schön brav. Meist drehen sie erst durch, wenn die Mütter wiederkommen. Muß irgendwie mit der Blutsverwandtschaft zusammenhängen, daß sie dann denken, der tanzen wir jetzt ein bißchen auf der Nase herum, einfach nur weil's Spaß macht. Bei mir jedoch, da spuren sie.

Ich geb' auch mal einen Klaps auf den Hosenboden, nicht doll, nur so, daß sie's spüren. Daß es ganz ohne Gewalt in der Erziehung zugehen sollte oder könnte, daran glaube ich nämlich nicht.

Engelchen damals wieder nach Hause zu bringen, hätte sich nicht gelohnt, das würde wohl jeder einsehen. Und ich mußte mich auch um die anderen Kinder kümmern, deren Mütter schon eilig dran waren. Ich dachte daher, Frau Kaempfe später anzurufen, damit sie sich keine Sorgen machte. Die Kleine konnte doch genauso gut gleich hierbleiben und spielen, was sollte man sie doppelt hin und her befördern. Wie gut eigentlich, daß David, dieser kleine Träumer – ein richtiger Hans-guck-in-die-Luft, sage ich immer –, zwei Monate vorher diesen schlimmen Sturz von der Rutsche getan hatte. Will nach unten rutschen und guckt nach oben dabei.

Damals war ich ganz schön in Schwierigkeiten, denn ich hatte das blutende Kind im Arm und konnte nicht weg, ich konnte die andern unterdessen ja nicht allein lassen. Passanten, die ich hätte bitten können, kamen auch keine vorbei, und die beiden Rentner, die auf der Bank in der Grünanlage saßen, hörten mein Rufen nicht. Mein Gott, waren die schwerhörig. Es war eine schlimme Situation, den schreienden Kerlemann im Arm und dann darauf warten, daß eine Mutter vorbeikommt und ich mit ihm fortkann, ins Krankenhaus. Das mußte genäht werden. Zu viert haben wir ihn am Ende festhalten müssen, denn als er nur die Spritze sah, drehte er völlig durch. Aber danach wurde endlich das Telefon installiert, und das kam mir jetzt zugute.

Ich zog Engelchen also eine dicke Strumpfhose und zwei Pullover übereinander an und darüber einen wasserdichten Schneeanzug, damit ihr erst mal wieder richtig warm werden konnte. Eine frische Windel gab's natürlich auch, ist ja kein Thema. Und dann flößte ich ihr meinen Hagebuttentee ein. Ich nehme immer eine gefüllte Thermoskanne mit und mehr belegte Brote, als ich selbst essen kann. Die Eltern geben wirklich nie genug mit, irgendein Kind hat immer Hunger.

Engelke machte eigentlich einen ganz fröhlichen Eindruck, sehr verstört jedenfalls wirkte sie nicht. Ob ich sonst anders reagiert hätte? Ich weiß es nicht.

Frau Kaempfe meldete sich nicht. Fräulein Kaempfe eigentlich, wie gesagt, aber heute nimmt man's damit ja nicht mehr so genau, und das ist vielleicht auch richtig so. Denn ein Fräulein war die bestimmt schon lange nicht mehr. Eine Stunde lang versuchte ich es alle zehn Minuten, ließ es acht- bis zehnmal klingeln, obwohl man in diesen Zweizimmerwohnungen, zumal, wenn man jung und gut zu Fuß ist, den Hörer immer schon vor dem zweiten Klingeln erreicht.

»Schläft wohl noch, deine Mami«, sagte ich, und die Kleine nickte.

»Mama ßäft.«

Vielleicht hätte ich da schon die Polizei rufen sollen, aber wer denkt denn gleich an so was! Das habe ich später oft noch gedacht und mir sogar vorgeworfen. Andererseits, genützt hätte es doch nichts mehr, was passiert war, war nun einmal schon passiert. Die Polizei hätte sie auch nicht mehr lebendig gemacht, so habe ich mich getröstet, und andere haben's auch gemeint. Direkt unterstellt hat mir ja niemand was.

Bis um ein Uhr müssen die Kleinen wieder abgeholt werden. Die meisten Mütter kommen schon um Viertel vor oder zehn vor eins. Erst können sie ihre Kinder nicht schnell genug los werden, und dann sehnen sie sich nach ihnen und halten's ohne sie zu Hause nicht mehr aus. Verstehe einer die Mütter, ich tu's nicht immer, obwohl ich selber eine war. Was heißt war: bin. Das ist ja nun etwas, das nie im Leben aufhört, da kann passieren, was will. Egal, was der Junge macht, Mutter bleibt Mutter.

Nur der Vater von Tobias kommt immer zu spät, darauf bin ich schon eingestellt. Irgendwann werde ich's ihm doch noch mal stecken. Nix für ungut, der Herr, aber Sie könnten auch mal pünktlich kommen und mit beim Aufräumen helfen. Na ja, wer weiß, wieviel er schon bei sich zu Hause machen muß, der Arme, könnte ja auch die Mutter kommen, nicht?

Marthe schaltete den Kassettenrecorder aus. Was für eine geschwätzige Tülle! Sie kannte die Frau, hatte sie nie sonderlich gemocht. Ein paarmal hatte sie versucht, mit ihr ins Gespräch zu kommen, damals, nach diesem Mord, aber die Frau hatte immer abgeblockt. Sie wisse nichts, sie wolle nichts sagen, sie habe nichts gehört und nichts gesehen. Sie passe nur vorübergehend auf das Kind auf und kümmere sich um ihre Pflicht, ansonsten wolle sie ihre Ruhe haben. Marthe wäre beinahe einmal handgreiflich geworden, so hatte sie sich über die Alte aufgeregt. Schließlich war eine junge Frau ermordet worden, und da konnte man doch wohl zusammenhalten und sich erzählen, was man wußte. Und daß die andere mehr wußte, das spürte sie doch ganz genau. Sie hätte fast ihren Fuß in die Tür gestellt und die Frau am Handgelenk gepackt. Aber die hätte bestimmt nach ihrem Mann gerufen, und Wülfilein wäre ihr zu Hilfe geeilt und hätte Marthe mit einer Anzeige wegen Hausfriedensbruchs gedroht.

»Lassen Sie sich nicht noch einmal hier blicken, hier gibt's genug überdrehte Weiber!«

So etwas in der Preislage hätte er wohl dazu gebrummt, sie konnte es sich lebhaft vorstellen. Aber herausgefordert hatte Marthe es nicht.

Merkwürdig, daß diese Kassetten ausgerechnet an sie gerichtet waren. Ein sorgfältig versiegeltes Päckchen, Marthes Visitenkarte oben aufgeklebt. Sie hatte sie der Frau damals noch in den Briefkasten geworfen, für alle Fälle. *Im Falle meines Ablebens bitte an*: hatte die nun handschriftlich hinzugefügt. Sie mußte ihren Tod geahnt haben, na ja, vielleicht kein Wunder, vor solch einer Operation. Der Sendung beigefügt war ein kurzer Brief, der allerdings mehr provozierte, als daß er etwas erklärte.

Liebe junge Freundin!

Vielleicht erinnern Sie sich nicht mehr an mich. Hingegen sind Sie mir in den vergangenen Jahren stets gegenwärtig gewesen. Ich habe Ihre Bücher gelesen, aber sie haben mich nicht überzeugt. Denn Sie haben nichts erlebt, und das merkt man den Romanen an. Alles ausgedacht. Gewiß können Sie nichts dafür, vielleicht ehrt es Sie sogar. Dennoch habe ich oft in Gedanken mit Ihnen gesprochen. Sie wollten einmal etwas von mir wissen, und das bin ich Ihnen schuldig geblieben. Hier haben Sie es, meine Rechenschaft oder wie Sie es nennen wollen. Ansonsten, denke ich, kann ich getrost abtreten. Ich schulde den Menschen nichts, und den Rest muß ich mit dem lieben Gott abmachen, an den ich aber gar nicht glaube. Das ist mir beim Erzählen erst richtig deutlich geworden. Und Sie?

Leben Sie wohl

***

P.S. Ganz sicher haben Sie mich vergessen, ich bilde mir nichts ein. Machen Sie was aus der Geschichte, ich schenke sie Ihnen. Einen Krimi, den das Leben schrieb! Ich habe nichts daraus gemacht, hatte genug mit mir selbst und meinen Männern, vor allem meinem Sohn, zu tun. Aber einmal muß man sich so ein Erlebnis von der Seele reden, verzeihen Sie einer kranken Frau.

P.P.S. Bitte, nein Befehl, meinen Namen nicht zu verraten! In keinem Fall.

Ihre

***

Und dazu sechs Kassetten à sechzig Minuten. Sechs Stunden Geschwätzigkeit. Sechs Stunden Reue, sechs Stunden schlechtes Gewissen darüber, das Gespräch einst verweigert zu haben. Sechs Stunden Wer-weiß-was. Marthe seufzte und schaltete den Recorder wieder ein:

Nachdem alle Kinder abgeholt worden waren, habe ich noch mein Geld gezählt, sechsundfünfzig Mark waren es an dem Tag, komisch, wie genau ich das behalten habe. Ich hab' in mein Buch eingetragen, daß Frau Kaempfe mir für den Vormittag vier Mark schuldig war, wir rechneten nämlich immer erst am Monatsende ab. Ich paßte ja auch sonst oft auf Engelchen auf, es war praktischer so.

Dann schloß ich mein Häuschen ab und nahm das Kind an die Hand. Es dauerte natürlich ziemlich lange, bis wir vor unserem Wohnhaus ankamen, auch wenn man nur die Hölderlinsallee entlanglaufen muß. Aber die Kleine war müde, und sie war ja sowieso noch ein richtiges Dappelchen.

Schließlich waren wir da. Ich stellte meinen Korb unten vor unserer Tür ab. Was sollte ich ihn mit hochschleppen?

Hätte ich man da bloß schon bei Wulf geklingelt und die Kleine unten bei ihm gelassen! Aber wie hätte ich wissen sollen, wie die Frau da liegen würde ... Mein Gott, wie die aussah, das kann man sich überhaupt nicht vorstellen. Nicht mal der Mörder kann sich das vorstellen, verstehen Sie, denn er verläßt die Leiche ja zu einem Zeitpunkt, wo sie beinahe noch lebt. Ich meine, wo sie noch fast lebendig aussieht und sich auch so anfühlt. Und nicht diese Kälte ausstrahlt, dieses Starre, Gedunsene.

Hätte ich das alles geahnt, hätte ich das Kind natürlich nicht mit hochgenommen. Aber es war eben ganz normal, mit Engelke zusammen nach oben zu gehen und gemeinsam nachzusehen, ob die Mutter da war, oder etwa nicht?

Sie würde da sein, ja mein Gott, und ob sie da sein würde!

Engelchen und ich stiegen also die Treppe hoch. Die Wohnungstür stand angelehnt, dabei mußte man sich aber weiter nichts denken, denn das kam manchmal vor. Sie hatte einen Hang zum Asozialen, das muß mal so hart gesagt werden. Oft standen im vierten Stock die Mülltüten vor der Tür, vor allem bei Herrn Petermann gegenüber, bei ihr waren's mehr nasse Regenschirme und ungeputzte Schuhe. Aber das war nicht wie bei mir mit dem Korb, den ich ja nur mal eben auf einen Moment abgestellt hatte, sondern stundenlang und ungeniert.

Herrgott, wann kommst du endlich zur Leich, murmelte Marthe und räusperte sich. Mit trockener Kehle konnte sie der Erzählung keine Minute länger folgen. Sie stand auf, ging zum Schreibtisch, wo seit neuestem ein Samowar neben dem Computer stand, und goß sich einen russischen Rauchtee ein, ein kleines Zugeständnis an sich selbst, seit sie nicht mehr rauchte. Dazu füllte sie drei dunkelrote Sauerkirschen in die Tasse. Das war farblich fein abgestimmt und sah edel aus, aber der Tee roch, wenn sie ehrlich war, nach Kuhstall. Deshalb hatte sie ihn ja auch als Zigarettenersatz gewählt.

Wenn sie was daraus machen wollte, mußte sie der Frau einen neuen Namen geben. Vielleicht Steinhardt, nein, das würde ihr Benita übelnehmen. Hartenstein? Auch nicht gut, da würde Elfi schmollen – kurz nur hatte ihre Hand gezittert, leise nur die Tasse auf der Untertasse geklirrt, etwas Tee nur war übergeschwappt, aber da hatte sie schon das Entscheidende verpaßt.

... ganz eindeutig tot, und was ich vor allem nicht verstand, war, daß in ihrem Mund ein Schnuller steckte.

Also am heißen Tee verschluckt und auf den Schreibtisch gespuckt und noch mal »Herrgott!« geflucht und mit dem Ärmel den Fleck abgewischt und das Band wieder zurückgespult.

... stundenlang und ungeniert. Wie ich also sagte, die Tür stand offen, und ich brauchte meinen Schlüssel nicht zu holen. Daß ich ihn unten bei mir vergessen hatte, fiel mir aber erst in dem Moment ein, als ich vor Frau Kaempfes Wohnung angelangt war.

Wir gingen also rein. Im Flur war alles still, und die Tür zu ihrem Schlafzimmer stand auch offen. Das heißt, die Tür zu ihrem Zimmer, sie schlief nämlich im Wohnzimmer. Das andere Zimmer hatte sie fürs Kind hergerichtet. Ich habe ihr ja mehrmals empfohlen, in einem Zimmer zusammen mit dem Kind zu schlafen, dann hätte sie doch mehr von der Wohnung gehabt. Und für ihre Tochter wäre es auch besser gewesen. Aber sie hat nicht auf mich hören wollen, hat nur anzüglich gelacht: »Ich schlafe lieber allein.«

Na, jetzt kann ich mir denken, warum.

Und nun lag sie da auf ihrer Matratze – sie schlief auf dem Fußboden, müssen Sie wissen. Mädchen wie sie bringen es ja selten zu einem ordentlichen Bett. Jedenfalls nicht zu einem eigenen. Aber vielleicht sehen Sie das nicht so kritisch? Der Ausdruck ihres Gesichtes war eigentlich ganz friedlich, als ob sie schliefe, so lag sie da. Auf dem Rücken. Soweit man sehen konnte, war sie nackt. Die Decke war nämlich verrutscht. Ein Arm hing schlaff auf den Fußboden herab, den anderen hielt sie halb angewinkelt, als wollte sie gerade wieder die Decke zu sich hoch und über sich ziehen.

Ich hab' sofort gewußt, daß sie tot war, sofort.

Schrecklich geschwollen und ganz blau im Gesicht war sie, überhaupt, überall hatte sie rote Punkte und Flecken, wie Flohstiche, und die Augen waren ganz blutunterlaufen, halb geschlossen, halb geöffnet, als könnte sie sich nicht entscheiden.

Und am Hals eben eine rote Spur, wie ein ganz schmales Halsband oder eher wie eine feine Kette, ein ganz zarter roter Saum – oder nein, das konnte ich wohl doch erst später sehen. Zuerst ging das ja alles so schnell. Ich sah eben nur, daß sie tot war, ganz eindeutig tot. Und was ich vor allem nicht verstand, war, daß in ihrem Mund ein Schnuller steckte.

»Mama ßäft«, sagte Engelchen in ihrem zutraulichen Ton und streckte die Hand nach der Mutter aus.

»Da! Tommt ein Mann. Tille-tille!«

Erst in dem Moment kam ich aus meiner Erstarrung wieder zu mir und fing an zu schreien, was das Zeug hielt, und zerrte die Kleine am Arm aus dem Zimmer heraus. Sie strampelte und fing dann auch an zu brüllen:

»Mama ei, Mama ei machen!«

Aber ich hielt sie einfach an ihrem Arm fest, zog sie mit mir raus ins Treppenhaus und die Treppen runter. Aaaahhh . . .

Ich weiß nicht, was in diesem Haus noch passieren muß, damit jemand mal seinen Allerwertesten vom Sofa hochkriegt. Zudem war es Mittagszeit, und es blieb also alles still. Und ich weiß auch nicht mehr, wie ich die Treppen runtergekommen bin, ein Wunder, daß wir nicht gestürzt sind, das Mädchen und ich, und daß ich ihr nicht den Arm ausgekugelt habe.

Sie hat sich nur ein paar blaue Flecken geholt, das sah ich später beim Baden, weil ich sie ja so am Arm hinter mir her geschleift habe. Oder heißt es geschliffen? Egal, was sind ein paar blaue Flecken, wenn die Mutter ermordet worden ist.

An meiner Wohnungstür angelangt, habe ich Sturm geklingelt, und Engelchen hat gebrüllt, und ich habe geschrien, und schließlich ist Wulf angeschlappt gekommen.

»Immer mit der Ruhe, wo brennt's denn?«

Ich habe nach Luft geschnappt und gar nichts sagen können.

»Dadada, da oben.«

Wulf ist dann hoch, er hat nicht geschrien, als er wieder runter kam, er war nur ganz blaß.

»Heilige Mutter Jesus«, hat er gesagt, und dann ist er ans Telefon.

Im Null Komma nichts waren drei Polizei- und vier Feuerwehrautos da, ungelogen, und die ganze Straße war schon abgesperrt. Das war damals, als Frau Süskind gefunden wurde, genauso. Da habe ich das auch schon für übertrieben gehalten. Wenn man weiß, daß jemand tot ist, nützt doch der Aufwand gar nichts mehr. Was soll's also, verschwendet nur unsere Steuergelder. Na ja, ist nicht meine Sache und mir inzwischen auch egal.

Plötzlich waren die Nachbarn alle aufgewacht und standen im Treppenhaus herum, zumindest die, die da waren, die Rentner und Hausfrauen, und das eine oder andere sind ja fast alle bei uns im Haus und in der Nachbarschaft. Alle guckten, nur ich konnte natürlich mal wieder nichts mitkriegen, denn ich hatte ja das Kind am Hals, und das Kind brüllte und wollte zu seiner Mama hoch und mußte außerdem ein Mittagessen bekommen.

Ich habe dann überlegt: Mach' ich der als erstes ein Essen, dann ist sie zwar satt und wird wohl müde sein. Das heißt, dann schläft sie mir zwar hier ein, aber ich habe in der Zwischenzeit das Spannendste verpaßt. Oder halte ich sie noch ein Momentchen hin und lasse sie brüllen, dann kann ich mit ihr noch mal hochsteigen und fragen, ob sie die Mutter noch mal sehen darf. Von mir aus auch ein bißchen streicheln, so zum Abschied. Es war doch alles so schnell gegangen vorhin, und ich wollte zu gern noch mal genau hingucken. Auch um den Schock zu überwinden, ja, ich glaub', das war der Hauptgrund dafür. Damit sich das nicht allzu schrecklich einprägt. Das heißt, es bleibt natürlich furchtbar, eine so liegen zu sehen, mit dem roten Saum am Hals. Aber irgendwie gehört es doch zum Leben dazu.

Die Frau hat Nerven, dachte Marthe anerkennend. Soll sich mal alles fein anschauen, und dann ausführlich berichten. Beinahe hätte sie gesagt, hoch lebe Frau – Reinhardt, aber das ging ja nicht, die war ja leider auch schon tot. Immerhin hatte sie jetzt einen passenden Namen für sie gefunden, einen richtigen deutschen Allerweltsnamen, den man sich auf der Zunge zergehen lassen und an dem man sich gleichwohl stoßen konnte. Frau Reinhardt, ja, das war gut. Merkwürdig aber, daß diese Frau nun schon zum zweiten Mal eine Leiche gefunden hatte, noch dazu im gleichen Haus und sogar in derselben Wohnung. Das sollte einmal ihr passieren, die es zumindest professionell verwenden könnte. Na, manche hatten einfach mehr Glück als andere.

Wir sind also noch einmal hoch. Hoch-ge-stie-gen. Das dauert ziemlich lang mit so einem Dappelchen an der Hand. Wie ein Spießrutenlaufen kam mir's außerdem vor, denn rechts und links, auf allen Treppenabsätzen, steckten die Nachbarn ihre Köpfe aus den Türen:

»Wieder eine Tote! Das mußte ja so kommen. Es liegt ein Fluch auf der Wohnung.«

Frau Kattenstroth war's, die das von sich gab. Ja, jetzt glotzten sie alle, aber vorher hat sich doch kein Schwein, Entschuldigung, gekümmert. Genau wie bei Frau Süskind, da war ich ja auch die einzige, die sich Gedanken gemacht hat. Dabei wohne ich im Parterre, also viel weiter ab vom Schuß, wenn ich mal so sagen darf. Während die, die oben wohnen – aber so ist die Welt. Alle wissen alles besser, und keiner will's gewesen sein. Ich bin da anders, und deshalb hatte ich jetzt eben auch Engelchen am Hals, genauer gesagt am Arm, und kam nur langsam vorwärts.

Das hatte aber auch einen Vorteil. Ich kriegte gleich mehr mit. Oben hörte ich schon die Polizisten miteinander reden. Drei waren's, die noch Wache schoben und auf das Eintreffen der Kriminalpolizei warteten. Die Feuerwehrmänner waren bereits wieder abgerückt. Für sie gab es nichts weiter zu tun, es war ja nicht wie bei Frau Süskind, wo noch der Riegel vor der Tür zersägt werden mußte. Damals war ich wirklich beeindruckt, wie schnell das ging, ritsch, ratsch, im Nu waren Ketten und Riegel durch. So eine Absperrung nützt im Ernstfall also gar nichts, gaukelt einem nur ein bißchen Sicherheit vor. Frau Kaempfe hatte den kaputten Riegel übrigens auch nicht erneuern lassen, als sie in die Wohnung zog, nur das Schloß war ausgewechselt worden. Und jetzt waren Schloß und Tür intakt geblieben, der Mörder hatte sich also anderweitig Zutritt verschafft. Es lag ja auf der Hand, entweder er besaß einen Schlüssel, oder sie hatte ihm selbst die Tür geöffnet. Ach du Dummerchen! Aber ich greife vor, und das will ich eigentlich nicht. Will Sie auch mal ein bißchen zappeln lassen, meine Liebe, wenn's erlaubt ist.

Schon im Treppenhaus hörte ich also, wie der eine Polizist zum andern sagte:

»Hat wohl 'n bißchen viel gehabt, die Dame.«

Und als ich in die Wohnung kam, stach mir auch gleich der Geruch in die Nase, komisch, daß mir das beim ersten Mal nicht schon aufgefallen war. Etwas Strenges hing über der Wohnung, es roch ganz empfindlich nach Weinbrand. Und fast genauso scharf roch es nach – nach Pipi. Hatte sich wohl vor Schreck in die Hose gemacht, die Ärmste, als es Ernst wurde, denke ich.

Neben der Matratze sah ich dann eine halbe Buddel Mariacron stehen. Genauer gesagt, schon eine ganze Flasche, aber eben nur halb voll. Ob sie die andere Hälfte intus hatte? Es war anzunehmen.

»Vermutlich hochgradig intoxikiert«, hab' ich später den Gerichtsmediziner sagen hören. Aber ich greife schon wieder vor.

Erst einmal habe ich mich mit Engelchen in die Wohnung geschoben, ganz einfach an den Polizisten vorbei. Die standen nur so im Flur herum, sie schienen's nicht eilig mit irgendwelchen Untersuchungen zu haben. Vielleicht waren sie dazu auch gar nicht befugt. Der eine telefonierte – das Telefon stand ja im Flur, auf dem Garderobentischchen. Sein Gesicht habe ich überhaupt nicht gesehen, er drehte mir die ganze Zeit über den Rücken zu. Die andern beiden, so schien es mir jedenfalls, sahen ziemlich angewidert aus. Ich glaube, die ekelten sich richtig.

Sie mußten wohl nur aufpassen, daß niemand in die Wohnung kam, aber ich hatte ja das Kind. Und das Kind brauchte frische Windeln. Zwar habe ich immer welche auf Vorrat bei mir liegen, schön nach Größen geordnet im obersten Fach meiner Frisierkommode, aber das brauchte ich denen natürlich nicht auf die Nase zu binden.

»Darf ich mal kurz stören?« So einfach ging das, erstaunlich.

Und da lag sie also immer noch. Das war vielleicht das Merkwürdigste für mich an der ganzen Sache, daß sie eben völlig unverändert da lag. Das Gesicht noch genauso blau und aufgedunsen und noch genauso geheimnisvoll lächelnd. Ich möcht' mal sagen, wie die Mona Lisa. Und die Haare – sie hatte ja eigentlich sehr schöne lange braune Haare, kastanienbraun, als sie hier einzog. Wenn sie man nur nicht so oft was anderes reingemischt hätte! Mal feuerrote Strähnen, mal giftgrüne, mal einen nachtblauen Pony, und zu guter Letzt war sie schrecklich angeblondet. Zu schlechter Letzt, sollte ich sagen. Richtig nuttig sah das aus, wenn Sie meine Meinung wissen wollen. Habe ich ihr natürlich nie gesagt, das war vielleicht ein Fehler. Und jetzt lagen die Haare wie ein Strahlenkranz um sie herum auf dem Kopfkissen verteilt. Man hätte am liebsten drüberstreichen mögen.

»Halten Sie das Kind schön fest«, sagte der eine Polizist zu mir. »Es darf nichts angefaßt werden.«

Aber sicher doch! Ich fragte also freundlich, ob ich

ein paar Windeln holen dürfe und etwas Wäsche für die Kleine, und da konnten sie natürlich nichts dagegen haben.

Am Hals sah ich die feine rote Linie, diese diskrete Naht. Ich mußte immer hingucken, es hatte geradezu etwas Magisches. Aber wissen Sie, was ich glaube? Das jetzt mal unter uns und im Vertrauen: Ich glaube, unsere netten Jungs von der Schutzpolizei hatten sie noch gar nicht bemerkt.

»Selbstmord oder Mord, eventuell Drogen in Verbindung mit Alkohol«, habe ich den einen am Telefon doch tatsächlich sagen hören. Ja, hatte der denn gar keine Augen im Kopf! Und alles was recht ist, mit Drogen hatte sie, glaube ich, nichts zu tun, das denn doch nicht. Aber das ist nur mein ganz persönlicher Eindruck, beweisen kann ich ja nichts.

Plötzlich mußte ich ganz schnell aus dem Zimmer raus, denn mir wurde kodderig im Magen. Der Geruch und die ganze Aufregung – bloß weg! Nur schnell ein paar Sachen zusammengerafft und dann mit Engelchen wieder nach unten in meine Wohnung. Die war aber inzwischen auch nicht untätig gewesen, dies schlaue Luder! Auf der Treppe im Treppenhaus sah ich nämlich, daß sie sich ihre Spieluhr geschnappt hatte. Die hatte auch neben dem Bett gelegen, unweit von der Cognac-Flasche hatte ich sie vorhin gesehen. Es war ja mit ihr liebstes Spielzeug. Sie hatte es oft bei sich, brachte es auch immer mit, wenn sie mal bei mir schlief. Das kam ja manchmal vor. So ein kleines wattiertes Püppchen war das, ganz niedlich zurechtgemacht, in einem rotkarierten Schottenkleidchen, mit allerliebsten Kulleraugen und weißen Schleifchen im Haar. Hatte ihr, soviel ich weiß, der Herr Papa mal aus London mitgebracht. Der Filou! Na, und unten guckte eine Nylonstrippe raus, mit 'ner dicken roten Holzkugel dran. An der konnte man ziehen, und dann erklang ein Lied. *Guten Abend, gut' Nacht.*

Mir wird jetzt ganz anders, wenn ich daran denke. Damals ist es mir gar nicht aufgefallen, aber jetzt im Moment läuft es mir eiskalt den Rücken herunter.

Mit Näglein besteckt... Das war jetzt also vorbei. Und dann:

Morgen früh, wenn Gott will, wirst du wieder geweckt –

Ich sang es meinen Kindern immer etwas abgewandelt: *Morgen früh, wenn du willst, wirst du wieder geweckt!* Denn ich glaub' ja eher nicht an den lieben Gott, auch wenn ich finde, daß die Kinder ruhig etwas davon vermittelt kriegen sollen. Die schönen Geschichten und die Zehn Gebote. Etwas Orientierung muß sein im Leben, finde ich. Man sieht ja, was sonst daraus wird, Carmen Kaempfe war ja nun wieder das beste Beispiel dafür.

Das Püppchen habe ich übrigens später, ja, wie soll ich sagen – abgeschafft. Aufbewahren wollte ich es nicht. Da hingen einfach zu viele Erinnerungen für mich dran. Und für Engelchen wär' es auch nicht gut gewesen. Ich hab's daher mit anderem Spielzeug in die Sammlung gegeben. Fünf Mark hat's übrigens noch eingebracht, auf dem Weihnachtsbasar. Aber noch war es nicht so weit.

Ich weiß gar nicht mehr, wie ich es zum zweiten Mal

die Treppe hinunter geschafft habe, und ob da noch die Nachbarn standen. Daheim mußte mir Wulf erst einmal einen Klaren eingießen, jetzt zitterten mir doch die Beine. Und dann drückte ich Engelchen eine Möhre in die Hand, damit sie was zum Knabbern hatte und beschäftigt war, und machte mich ans Mittagessen.

Ich weiß noch, was es an dem Tag gab, es ist wirklich sonderbar, wie sich manche Dinge dem Gedächtnis einprägen. Milchreis mit Zucker und Zimt kochte ich, das kommt bei Wulf immer an und war auch was fürs Kind, und vorneweg eine stärkende Fleischbrühe. Hatte ich noch vom Wochenende übrig. »Knochenende«, sagte Willy immer. Für meine Suppen war ich ja berühmt.

Wir haben dann zu dritt in der Küche gegessen, und Wulf hat sich über Carmen Kaempfe aufgeregt. Er habe es ja immer gesagt, und das habe er gleich gewußt, als sie ins Haus einzog, eine ganz Unzuverlässige sei das gewesen. Das habe ja so kommen müssen, sie habe es doch selber provoziert.

Dabei hatte er ihr vorher schöne Augen gemacht, ich war doch nicht blind. Zugezwinkert hat er ihr, wenn sie das Kind bei mir abholte. Und nachgestiegen ist er ihr auf der Treppe: Kann ich beim Tragen behilflich sein? Und jetzt mußte ich sie richtig vor ihm in Schutz nehmen.

So schlimm war sie nun auch wieder nicht. Mein Gott, eben noch ein bißchen jung. Fast selbst noch ein Kind. Die hätte doch gut selbst noch eine Mutter brauchen können, und ich habe ja auch nach Kräften versucht, ihr das ein bißchen zu ersetzen. Ersatzmutter, sage ich immer, das bedeutet eine Mutter vor allem für die junge Mutter, nicht eine Ersatzmutter fürs Kind. Und es ist ja auch wirklich nicht einfach, ganz allein mit so einem kleinen Wurm dazustehen, und der Vater ist mit einer anderen auf und davon und läßt sich nicht mehr blicken. Das hat sie sich doch sicher auch mal anders vorgestellt.

Genaueres wußte ich ja damals leider nicht über sie. Auch ob und wo ihre Eltern lebten, hat sie mir nicht verraten. Machte was Geheimnisvolles um sich herum, war so der Typ dafür. Jedenfalls haben die Eltern sich hier nicht blicken lassen, das wäre einem doch aufgefallen. Nur junge Männer kamen, die aber gleich rudelweise, immer hübsch rein und raus, ihren ganzen Schmutz durchs Treppenhaus getragen, und unsereins durfte hinterher saubermachen. Trotzdem, daß Wulf jetzt so über sie herfiel und kein gutes Haar an ihr lassen wollte, das fand ich auch nicht gerecht. Zumal nicht vor dem Kind, das habe ich ihm deutlich gesagt – nicht daß Sie denken, wir hätten hier nichts Besseres zu tun, als uns nur die Mäuler über unsere Nachbarn zu zerreißen.

Aber genau das dachte Marthe natürlich. Sie erinnerte sich ja auch an Frau Süskinds Erzählungen. Eine reizende alte Dame war das gewesen, mit der sie sogar befreundet gewesen war. Etwas wirr im Kopf. Das heißt, es war ihr nur anfangs so erschienen, später sollte sich allerdings herausstellen, daß das Wirre in Wahrheit logisch, ja, daß es ganz schlicht die Wahrheit war. Zuerst hatte Marthe gedacht, daß die Frau eben an einem Verfolgungswahn litt, und hatte es als eine Alterserscheinung hingenommen, daß sie nicht mehr richtig tickte. Erst als Frau Süskind tot war, hatte sie erfahren, was es mit ihr auf sich gehabt hatte.

Marthe lehnte sich im Schreibtischstuhl zurück und schloß die Augen. Sie sah Frau Süskind vor sich die Jarrestraße entlanggehen, eine gebeugte, aber schon von hinten ungemein liebenswert aussehende Alte mit unsicherem Gang, in einem abgetragenen Persianermantel und mit einem schwarzen Kapotthütchen auf dem Kopf, an dem eine Feder wippte. Die Frau hatte sich mit mehreren Taschen abgeplagt, in denen sie Gott weiß was nach Hause schleppte, Konservendosen, Flaschen, Brotvorräte – als sollte eine Kompanie Russen bei ihr einquartiert werden, dachte Marthe, die gerade an einem Krimi über einen Russen schrieb.

Sie hatte sich ein Herz gefaßt und die Fremde angesprochen. Ob sie ihr beim Tragen behilflich sein könne? »Ja, gern.«

Als die Alte ihr das Gesicht zugewandt hatte, war es um Marthe vollends geschehen. Zu ihrem Erstaunen war Frau Süskind geschminkt gewesen, und zwar verwegen und farbenfroh wie eine Siebzehnjährige, mit reichlich Rouge auf ihren runzligen Wangen und knallig-rosa übermalten Lippen.

Auf der Stelle hatte sich Marthe in die Greisin verliebt. Immer wieder würde sie in der Folgezeit ihren Entschluß segnen, just an dem Nachmittag nach Hamburg 60 hinübergeradelt zu sein, um Karten für die Kampnagelfabrik zu erstehen. Übrigens hatte sie die

Karten wirklich buchstäblich er-standen, es hatte eine lange Schlange für den Vorverkauf gegeben.

Frau Süskind ging selten aus, einmal im Vierteljahr vielleicht, es war also ein besonders glücklich zu nennender Zufall gewesen, daß sie sich an jenem Tag begegnet waren. Marthe hatte der alten Dame die Einkaufstaschen bis nach Hause geschleppt, in die Hölderlinsallee 6, und sie ihr dann selbstverständlich auch noch in den vierten Stock hochgetragen. Und worauf sie kaum zu hoffen gewagt hatte, war geschehen, die Alte hatte sie zu sich in die Wohnung gebeten. Ah, sie sah alles noch genau vor sich. Den großen Lehnstuhl, in dem man Frau Süskind später auch gefunden hatte, und das Sofa mit den Spitzendeckchen und den Dutzenden von Mainzelmännchen und Teddybären darauf. Frau Süskind hatte immer alles zehn-, ja hundertfach besessen. In der Küche hatten auf einem Regal, ungelogen, Hunderte von Emailletöpfen gestanden, die im wahrsten Sinne des Wortes funkelnagelneu waren und von denen sich Marthe zur Belohnung drei hatte aussuchen müssen. Einen kleinen, einen mittleren und einen großen hatte sie gewählt, sie bildeten die Herzstücke ihres Haushaltes, sie besaß sie heute noch. Wenn sie kochte, was selten genug vorkam, wurde sie jedesmal an ihre alte Liebe erinnert. Eigentlich sollte sie es sich öfter gönnen, dachte Marthe.

Frau Süskind hatte einen richtigen Hamstertick gehabt, sie lebte in ständiger Angst vor einer Notzeit. Eine wohlbegründete Angst, wie Marthe inzwischen wußte. Damals aber hatte sie nur gelacht, als Frau Süskind sie hatte warnen wollen:

»Hüten Sie sich vor der Frau Kattenstroth aus dem zweiten Stock, falls sie Ihnen im Treppenhaus auflauert! Die spioniert allen hinterher. Schauen Sie mal, mein Türschild, sehen Sie die vielen Kratzer darauf? Das hat mir die Kattenstroth nachts zerkratzt.«

Marthe hatte ungläubig den Kopf geschüttelt, vielleicht auch arrogant dazu gelächelt, jedenfalls hatte Frau Süskind ihr die Wangen getätschelt.

»Kindchen, Kindchen, Sie haben ja keine Ahnung!«

Aber sie hatte wieder kommen dürfen. Von Zeit zu Zeit hatte sie mit der Post ein Kärtchen von Frau Süskind erhalten, auf dem eine Einladung für den nächsten Tag ausgesprochen war. Übrigens waren es immer ausgesuchte Kunstpostkarten gewesen, eine hatte sie noch gerahmt im Badezimmer hängen.

Die Sense rauscht, die Aehre fällt, Die Thiere räumen scheu das Feld – Der Mensch begehrt die ganze Welt. Theodor Storm.

Mehrfach hatte sie andere Verabredungen abgesagt oder verschoben, nur um diese Besuche einhalten zu können. Denn meist lebte Frau Süskind, selbst scheu wie ein Tier, völlig zurückgezogen, ja vergraben, in ihren beiden mit Töpfen und Teddys vollgestopften Zimmern.

Irgendwann war das längst fällige Kärtchen ausgeblieben, und Marthe war allmählich unruhig geworden. Sie hatte sich wirklich Sorgen gemacht, war sogar zwischen zwei beruflichen Terminen in die Jarrestadt geeilt, um an Ort und Stelle nach dem Rechten zu sehen. Aber natürlich hatte Frau Süskind auf ihr Klingeln nicht geantwortet und die Tür nicht geöffnet. Sie hätte es in keinem Fall getan, selbst wenn sie noch am Leben gewesen wäre, was sie aber zu diesem Zeitpunkt, wie sich später herausstellen sollte, längst nicht mehr war. Eine schreckliche Vorstellung, daß sie da schon tot in ihrem Lehnstuhl saß, mehr lag als saß, wenn man der Schilderung von Frau Reinhardt glauben durfte. Denn bei der Gelegenheit hatte Marthe sie zuerst kennengelernt. Sie hatte einfach unten im Parterre bei ihr geklingelt, als Frau Süskind auf ihr Läuten nicht reagierte, und gefragt, wann sie ihre Nachbarin von oben zuletzt gesehen habe.

»Schon seit Ewigkeiten nicht mehr«, hatte Frau Reinhardt geantwortet, aber das habe nichts zu bedeuten, die ginge ja so selten aus.

Post, aus der man irgend etwas hätte schließen können, hatte keine im Briefkasten gesteckt. Nur ein paar Reklamewurfsendungen, aber nicht so viele, daß der Kasten überquoll.

Hätten sie doch damals schon die Polizei alarmiert! Dann hätte sich die Reinhardtsche nicht alles aneignen können. Ein kleines Mainzelmännchen hätte sie zur Erinnerung auch gern selbst mitgenommen, bei der Reinhardtschen sah sie jedenfalls später mehrere auf dem Fernseher stehen. Die hatte sie nämlich zwei Tage darauf angerufen und ihr mitgeteilt, daß Frau Süskind tot in ihrer Wohnung aufgefunden worden sei. Drei Wochen solle sie schon dort gelegen haben und in wenigen Tagen auf dem jüdischen Friedhof in Ohlsdorf beerdigt werden, ja, Frau Süskind sei eine Jüdin gewesen. Habe sie das nicht gewußt?

Die einzigen von den Nachbarn, die sich bei der

Beerdigung blicken ließen, waren Herr Petermann und sein Freund, die beiden Schwulen aus der gegenüberliegenden Dachwohnung. Die, die immer ihre Mülltüten vor die Wohnungstür stellten, so daß der Leichengeruch im Treppenhaus nicht weiter hatte auffallen können, wie die Reinhardtsche ihr erklärt hatte. Auch Frau Reinhardt war übrigens nicht erschienen, angeblich hatte sie keine Vertretung für ihren Kinderspielplatz gefunden. So unersetzlich war sie eben.

Auch diesen letzten Abschied von Frau Süskind würde Marthe nicht vergessen. Ein kleines, trauriges Häuflein Menschen war da nur versammelt gewesen, eine Handvoll Mitglieder der Jüdischen Gemeinde, die beiden Schwulen und sie selbst. Nicht einmal der Sohn hatte sich eingefunden, den es irgendwo noch gab und der die Mutter einst, Marthe hatte es erst jetzt von Frau Reinhardt erfahren, beinahe an die Nazis ausgeliefert haben sollte. Und auch sich selbst hätte der Dummkopf damit natürlich beinahe ans Messer geliefert.

Beide zusammen waren dann irgendwo in Holland untergeschlüpft und hatten schließlich überlebt, und überlebt haben mußte auch eine Art Haßliebe zwischen ihnen. Denn bis zuletzt hatte Frau Süskind in einer großen Sehnsucht nach und gleichzeitig in ständiger und panischer Angst vor ihrem Sohn gelebt, von dem sie immer meinte, er würde eines Tages vor der Tür stehen und sich an ihr rächen, wofür, hatte Frau Reinhardt nicht gewußt. Und jetzt bekam sie ein Armenbegräbnis, lag in einer einfachen Holzkiste, die den starken Verwesungsgeruch nicht abhalten konnte, und sie, Marthe, ging beklommen hinter dem Leichenzug her und schämte sich.

Sie hatte ein dunkles Kopftuch umgebunden, immerhin daran hatte sie gedacht, und die Männer hatten kleine runde Käppis aufgesetzt, sie wußte nicht, ob die einen besonderen Namen hatten, gar nichts wußte sie eigentlich, wirklich gar nichts. Es war ein stürmischer Herbsttag, so um die gleiche Jahreszeit wie jetzt mußte es gewesen sein. Hatte es nicht sogar ein Gewitter gegeben? Ja doch, eine Weltuntergangsstimmung hatte geherrscht, wie an dem Tag, als Karl Carstens Bundespräsident geworden war. Als ein Windstoß kam, wehte er Herrn Petermann das Käppi vom Kopf. Den paar Juden nicht, die hatten ihre Kopfbedeckungen anscheinend mit Haarnadeln festgesteckt, aber Petermännchen mußte hinter dem geliehenen Käppi her jagen, und der Wind trieb es wie zum Schabernack vor ihm her, über mehrere Gräber und Grabsteine hinweg. Immer, wenn er danach hatte greifen wollen, blies eine neuerliche Böe es weiter fort, und Marthe hatte sich sehr zusammennehmen müssen, um nicht plötzlich in ein unerträgliches, hysterisches Lachen auszubrechen.

Die Traueransprache hatte der Rabbi auf hebräisch gehalten, und Marthe hatte nur die Wörter Theresienstadt und Auschwitz daraus verstanden. Die aber waren in der kürzeren deutschen Version, wohl nur einer Zusammenfassung der Ansprache, nicht mehr enthalten gewesen. Später hatte sie Herrn Petermann und seinen Freund, von dem sie nur wußte, daß er Schatzi genannt wurde, im Auto mitgenommen und vor dem

Haus in der Hölderlinsallee abgesetzt. Sie war auch kurz ausgestiegen, um sich von ihnen zu verabschieden, und als sie einen kurzen Blick zu Frau Süskinds Wohnung hoch warf, hatte sie auf mehreren Etagen flüchtige Bewegungen hinter den Gardinen wahrnehmen können. Auch unten an Frau Reinhardts Küchenfenster. Da stand sie also und gaffte, aber zur Beerdigung hatte sie es nicht geschafft. Eine feine Nachbarschaft war das!

Mit einem ganz unguten Gefühl im Rücken war Marthe in ihr Auto gestiegen und davongefahren. Um knapp ein Jahr später im Hamburger Abendblatt, das sie eigens für diese vermischten Klatsch- und Tratsch- und Mord- und Totschlagsgeschichten abonniert hielt, zu lesen, daß im selben Haus schon wieder eine Leiche gefunden worden war. Diesmal die einer jungen Frau. Und die war keines natürlichen Todes gestorben wie Frau Süskind, deren Herz einfach aufgehört hatte zu schlagen. Daß es überhaupt solange geschlagen hatte, war erstaunlich genug gewesen.

Die junge Frau war nun geradezu klassisch ermordet worden, erdrosselt, wie es im Fachjargon hieß. Nicht nur der sogenannte natürliche Tod, auch Selbstmord schied aus, man konnte sich nämlich nicht selbst erdrosseln. Nur erhängen, aber dann gab es nicht so eine schön horizontal verlaufende rote Drosselmarke am Hals.

Ein Mordwerkzeug war am Tatort nicht gefunden worden.

Mittlerweile war die Kassette zu Ende gelaufen. Marthe hatte am Schluß nicht mehr richtig hingehört, aber sie hatte wohl nichts Entscheidendes dabei versäumt. Der Milchreis hatte wie immer geschmeckt und war eben aufgegessen worden, Wülfilein hatte freiwillig das Geschirr abgeräumt und Frau Reinhardt das arme Waisenkind zum Mittagsschlaf gebettet. Das Mädchen war, erschöpft und müde, wie es nach all den Strapazen sicher sein mußte, gleich klaglos eingeschlafen. Und an Frau Reinhardts Wohnungstür hatte die Kriminalpolizei geklingelt.

2. Kassette

Ehrlich gesagt, ich kann mich im einzelnen gar nicht mehr an alles erinnern, was mich die Inspektorin – oder Kommissarin oder was sie war – gefragt hat und was ich geantwortet habe. Zunächst einmal mußte ich natürlich alles schildern. Wie ich morgens erst das Kind gefunden hatte und mittags die Leiche, und in welcher Verfassung die Kleine gewesen war, und daß ich nichts berührt hatte in der Wohnung und so. Und was ich über Fräulein Carmen wußte, und mit wem sie alles Kontakt gehabt hatte. Ja du lieber Himmel, woher sollte ich das wissen! Ob die wohl selber noch durch ihre ganzen Kontakte durchgestiegen ist! Haben im Vergleich zu unsereinem doch einen ziemlichen Verschleiß, diese jungen Leute. Selbst noch, wenn sie Mutter sind!

Aber Wulf saß auch dabei und sagte dann, der Neger, dieser Asylant, der war doch früher täglich hier und jetzt schon eine Zeitlang gar nicht mehr, das sei doch zu komisch, und da hatten sie dann schon mal einen ersten Verdächtigen. Weiter wußten wir aber gar nichts über ihn, weder wie er hieß, noch wo er wohnte. Irgendwo in der Nachbarschaft eben, laufen ja viele Schwarze hier herum. Vermutlich hauste er in dem Asylantenheim in der Jarrestraße, neben der Kampnagelfabrik. Da war früher eins, haben Sie vielleicht mal gesehen, das wurde aber inzwischen dichtgemacht beziehungsweise verlegt. Mit denen hatten wir ja nichts weiter zu tun. Sah man eben nur zuhauf aus den Fenstern raushängen und neugierig gucken, und dazu immer die laute Musik, oder sie standen auf der Straße herum.

Man ist ja immer froh, wenn sie einen weißen Kragen tragen, damit man sie im Dunkeln wenigstens schon vorher sehen kann. Manchmal, wenn einem so ein schwarzer Mann des Nachts entgegenkommt und er dann auch noch dunkel gekleidet ist, und plötzlich taucht er vor einem auf, so schwarz in schwarz, dann erschrickt man sich schon. Ich mich jedenfalls, ich geb's ehrlich zu. Man kann dann ja mitunter nur noch an den weißen Zähnen erkennen, daß da ein Mensch vor einem steht.

Immer mehr von denen steigen an der U-Bahn-Station Saarlandstraße aus, wie ich früher, wenn ich aus Barmbek kam. In den letzten Jahren bin ich deshalb oft noch extra eine Station weiter gefahren bis zum Borgweg, die Station ist mir irgendwie angenehmer. Da sind mehr Menschen auf der Straße, Studenten aus dem Studentenheim am Borgweg, auch mal ein netter junger Mann, der einem die Taschen trägt. Dafür mache ich gern einen Umweg. Nicht daß ich was gegen Neger hätte, die können ja nichts dafür. Sind auch Menschen, verstehen Sie mich nicht falsch.

Wer fürchtet sich vorm schwarzen Mann? Das Spiel kennen Sie doch sicher? Früher sangen die Kinder das ja ganz arglos, keiner hätte sich etwas Böses dabei gedacht. *Niemand!* rief man eben und gruselte sich ein bißchen dabei. *Wenn er aber kommt? Dann laufen wir!*

Aber heutzutage müssen wir selbst die Kinderreime auf die Goldwaage legen. Wissen Sie, wie dasselbe Spiel nämlich jetzt heißt? *Wer fürchtet sich vorm Bussibär?* Klingt ja auch ganz niedlich. Aber wehe, ich achte auf meinem Spielplatz nicht darauf, daß die Kinder es so rufen, da hätte ich gleich am nächsten Tag ein paar schlaue Eltern bei mir, die glaubten, sich Wunder was aufspielen zu müssen, und die mir einen gepfefferten politischen Vortrag halten würden. Negerkuß darf man ja auch nicht mehr sagen, schade eigentlich. Vorm Bussibär aber fürchtet sich natürlich niemand mehr, das ist wohl sonnenklar.

Während wir also über den schwarzen Mann nachdachten und spekulierten und die Inspektorin sich Notizen machte, klingelte es an meiner Tür, und der nächste Verdächtige stand schon davor. Und das war, Sie werden es mir nicht glauben, Dicki, mein eigener Sohn Dicki, der ausgerechnet an jenem Tag auf die Idee gekommen war, seine dreckige Wäsche bei mir vorbeizubringen. Ansonsten ist er ja sehr selbständig, und ich darf mich um Himmels willen nicht in seine Angelegenheiten mischen, aber für solche Dinge ist es bei Muttern doch immer am besten. Nicht daß mich das störte, im Gegenteil. Es ist doch schön, gebraucht zu werden, sag' ich mir immer. Er stand also vor der Tür, und ich machte auf, und weil ich die Tür zum Wohnzimmer hinter mir nur angelehnt gelassen hatte, hörte er die Inspektorin mit Wulf reden. Vielleicht sah er sie auch dort auf dem Sofa sitzen, jedenfalls wunderte er sich darüber, wer da in der Mittagszeit zu Besuch gekommen sein könnte. Ich erklärte ihm also kurz, was passiert war, und da schrie, nein, jaulte er so richtig auf:

»Carmen, Carmen, Liebes, nein! Nein!« und dazu hämmerte er noch an den Türpfosten und schluchzte: »Das ist nicht wahr!« und: »Ich bin schuld, oh, ich bin schuld!«

Da stand er, und ich guckte zu ihm rauf, er zu mir runter, er ist ja zwei Köpfe größer als ich, und für einen Moment dachte ich tatsächlich, jetzt wirft er sich vor dir auf die Knie und an deine Brust, so Schutz suchend stand er da. Aber dann drehte er sich auf dem Absatz um und knallte die Wohnungstür hinter sich zu und stürmte davon. Man konnte ihn aus dem Haus herauspoltern hören und dann das Reifenquietschen, als er mit seinem Auto losbrauste.

Ich habe sowieso schon immer Angst, daß er einen Unfall baut, und an dem Tag war die Angst nun wirklich begründet. Aber was sollte ich machen, hinterherlaufen konnte ich nicht, und ich mußte außerdem zur Kommissarin zurück. Dummerweise hatte die alles mit angehört, Dicki hatte ja richtig laut aufgeschrien. Ich mußte also die Adresse meines eigenen Sohnes zum Zwecke weiterer Zeugenvernehmungen angeben. Das tat ich natürlich nicht gerade gern, und ich konnte mir auch gar nicht erklären, was sein Verhalten eigentlich zu bedeuten haben sollte. Ich hatte nämlich gar nicht gewußt, daß Dicki und Carmen sich überhaupt nähergekommen waren. Wir hatten zwar mal alle zusammen Geburtstag gefeiert. Aber die paßten doch gar nicht zusammen. Also, das war ein ziemlicher Schock, wie Sie sich wohl denken können. Später sollte mir der Zusammenhang dann klar werden. Und Ihnen auch noch, nur Geduld!

Nun wollte die Inspektorin natürlich einiges über meinen Herrn Sohn wissen, wie alt er ist, und daß er als Versicherungskaufmann arbeitet, und wie seine Beziehungen zu Fräulein Kaempfe aussahen. Viel konnte ich ihr ja, wie gesagt, nicht erzählen, weil ich es selber gar nicht wußte, aber mit dem Thema waren wir noch eine Zeitlang beschäftigt. Ich glaube trotzdem nicht, daß die Kommissarin zu diesem Zeitpunkt meinen Dicki sehr verdächtigt hat, das hat mich dann fürs erste beruhigt. Denn, wie sie selbst sehr richtig bemerkte, ein Mörder schreit in der Regel nicht so laut »Ich bin schuld, ich bin schuld«, daß die Polizei es hören kann. Wir haben sogar gemeinsam darüber lachen müssen, Wulf und die nette Kommissarin und ich.

Wulf meinte dann noch, es gebe Leute im Haus, die sicher mehr wüßten als wir, weil sie ganz einfach näher an der Dachwohnung wohnten, die Nachbarn Petermann und Co. etwa oder das junge Pärchen unter Frau Kaempfes Wohnung im dritten Stock. Ob man die schon vernommen habe, und ob die etwas Interessantes gehört hätten? Das Treppenhaus ist schließlich aus Holz, ein geübtes Ohr kann die Leute auf den Stiegen doch schon am bloßen Schritt erkennen.

Ich war ihm dankbar, als er das sagte, weil es von Dicki ablenkte. Nie im Traum hätte ich es für möglich gehalten, daß er für sich etwas herauskriegen wollte. Was meinen Partner und meinen Sohn angeht, habe ich an dem Tag und in der darauffolgenden Nacht wirklich einiges einstecken müssen. Ach, wenn Willy noch gelebt hätte! Dann wäre das nicht passiert. Der wäre anders gewesen. Oder nicht? Immerhin ist Dicki sein Sohn, vielleicht hat er das Herumäugeln also auch von ihm geerbt und nicht nur von seinen Kumpanen abgeguckt oder gar von Wulf. Vielleicht war ich immer ganz einfach zu dumm. Na, Männer!

Immerhin kamen wir wirklich von Dicki ab. Wulfs Einwurf wäre aber gar nicht nötig gewesen, denn es klingelte schon wieder an der Wohnungstür. Als ich aufmachte, fuhr ich vor Schreck ordentlich zusammen. Da standen nämlich einige Gestalten, ganz in Weiß gekleidet, wie Marsmenschen erschienen die mir mit ihren großen Kapuzen. Aber das waren natürlich auch welche von der Mordbereitschaft, und die trugen nur solche weißen Schutzanzüge, um die Leiche abzukleben. Ja, so heißt das, die Leiche wird abgeklebt. Sobald die ein Tötungsdelikt vermuten, ziehen sie sich diese weißen Raumfahrerhosen, genauer gesagt Overalls, an. Damit sie selbst keine Faserspuren hinterlassen, die Kommissarin hat mir das später noch erklärt. Das leuchtet ja auch ein.

Und dann kleben sie den Toten, die Tote natürlich in diesem Fall, von oben bis unten mit so einer Art breitem Klebestreifen ab, wie Tesafilm müssen Sie sich das vorstellen. Den Hals und die Hände, und über die Hände werden auch noch Plastiktüten gestülpt, das habe ich dann sogar selbst gesehen. Weil die auf der Gerichtsmedizin nämlich noch die Fingernägel abschneiden und gucken, ob darunter Fasern und Zellen sind, die auf den Mörder hindeuten. Vielleicht, daß sie ihn gekratzt hat. Oder es sind Stoffasern von seinem Anzug hängengeblieben, ein Stück von der Schnur, mit der er sie erdrosselt hat, irgend etwas kann Spuren hinterlassen haben, was weiß ich. Aus einer klitzekleinen Hautzelle schon könnten sie auf den Täter rückschließen, sagte die Kommissarin, und mir wurde ganz schlecht, als ich das hörte. Es war einfach ein bißchen viel für einen Tag.

Die Abkleber wollten die Kommissarin sprechen und baten sie, mit nach oben zu kommen, und ich bin dann auch noch mal mit hochgestiegen, um weitere Spielsachen für Engelchen zu holen. Denn bald würde sie wohl von ihrem Mittagsschlaf aufwachen, und dann wollte sie beschäftigt sein. Also sah ich meine Carmen zum dritten Mal, als sie gerade anfingen, sie am Hals abzukleben und ihre Hände einzutüten. Auch ein Zeichner war da und ein Fotograf. Und während ich ein paar Spielsachen einpackte – die habe ich natürlich alle dem Bereitschaftsleiter gezeigt, er hat sich aber nicht sehr dafür interessiert, »wird schon kein Rauschgift drin versteckt sein«, hat er noch gescherzt – während ich also noch da war, traf auch der Gerichtsmediziner am Tatort ein. Der hat ihr dann endlich den Schnuller aus dem Mund genommen.

»Ein selten feines Asservat!« hat er dazu gemurmelt und dann auf ihren Brustkorb gedrückt, da stieg ordentlich eine Alkoholwolke zur Decke auf. Oder war es die Seele, die zum Himmel fuhr? Beinahe wäre ich wieder umgekippt. Ich habe gerade noch gesehen, wie der Mann ein Fieberthermometer zückte. Dann habe ich lieber gemacht, daß ich nach Hause kam.

Ich kann mir gar nicht vorstellen, wie man so einen Beruf ausüben kann. Immer nur Mord und Totschlag, verkorkste Gedanken und verbeulte Leiber, und dazu diese ganzen Gerüche. Ob man da die Menschen überhaupt noch lieben kann? Oder auch nur einen einzigen Menschen? Man muß doch schrecklich mißtrauisch werden, wie ist das auszuhalten? Denn du mußt doch wirklich anfangen, jeden zu verdächtigen und jedem alles zuzutrauen. Unsereins kommt ja, wenn überhaupt, nur selten in seinem Leben mit Mord und Totschlag in Berührung, und ich würde sagen, einmal reicht dann auch fürs weitere. Bei Ihnen ist das ja noch wieder anders, Sie beschäftigen sich auch von Berufs wegen damit, aber doch nur auf dem Papier. Und das ist bekanntlich geduldig. Da haben Sie zwar die ganze Grausamkeit, aber nur schwarz auf weiß, was doch etwas anderes ist als rot auf weiß, sagen wir rote Blutspritzer auf einem weißen Laken oder diese rote Furche auf einem weißen Schwanenhals. Einem sehr weißen Schwanenhals.

Sie lag ja nun schon eine ganze Weile dort, vermutlich sei der Tod in den frühen Morgenstunden eingetreten, hatte ich den Gerichtsmediziner nämlich noch erklärend zur Kommissarin sagen hören. Daraus wäre wohl zu schließen, daß der Mörder die ganze Nacht mit ihr verbracht haben mußte, also nicht nur abends für ein Stündchen mal vorbeigeschaut hatte. Oder sollte er morgens früh gekommen sein, und die Nachbarn hatten vielleicht sogar sein Klingeln gehört? Auch das konnten sie eventuell annehmen.

Als ich bei mir in der Wohnung ankam, hörte ich im

Wohnzimmer Stimmen. Die Kommissarin war ja schon gegangen, und ich erkannte nicht gleich, wer da sprach.

»Verstehen Sie, wenn Sie es nicht tun, muß ich es ihnen sagen«, hörte ich, und dann Wulfs erregte Antwort: »Dann sage ich ihnen, daß Sie nachts nackt auf den Dachboden steigen.«

Lachen, dann: »Das dürfte die kaum interessieren, strafbar ist das jedenfalls nicht.«

Das war doch der Freund von Herrn Petermann! Als ich ins Zimmer trat, verstummte sein Lachen. Wulf hatte wohl noch etwas sagen wollen, schaute aber nur betreten auf seine Hände, als er mich sah. Mir reichte es jetzt.

»Die Polizei sucht oben schon nach Ihnen«, sagte ich, mir fiel so schnell nichts anderes ein. »Ich glaube, Ihr Typ wird verlangt.«

»Na, dann will ich mal«, sagte er und erhob sich. In dem Moment klingelte es schon wieder, diesmal war es Frau Kattenstroth. Das ist eigentlich eine ganz liebe Frau, aber nicht ganz dicht im Kopf. Bißchen einsam. Seit dreißig Jahren Witwe, und die Kinder sind groß und lassen sich nur selten blicken. Und ihr Männe, der alte Haubold, trinkt. Nicht nur so, wie sie alle trinken. Der säuft richtig. Irgendwie muß sie sich also trösten und beschäftigen. Ich habe sie immer schon im Verdacht gehabt, daß sie an den Briefkästen herumspioniert, ich schärfe Wulf deshalb immer ein, nur ja sofort die Post in Empfang zu nehmen, wenn er den Briefträger hört. Damals sollte ich nun auch, was Frau Kattenstroth angeht, die Wahrheit erfahren. Kaum saßen wir nämlich bei mir in der Küche – ich bat sie nicht ins Wohnzimmer, sie läßt nämlich manchmal unter sich, ist auch in der Beziehung nicht ganz dicht, die Arme –, kaum daß sie auf meinem Küchenhocker saß, da fing sie an zu heulen und zu schluchzen und die Hände zu ringen.

»Helfen Sie mir, ich weiß nicht ein noch aus!«

Kurz und gut, sie gestand mir, oder besser gesagt, sie vertraute mir an, daß sie einige Briefe, die an Carmen Kaempfe gerichtet gewesen waren, »in Verwahrung habe«. Wie sie an die herangekommen war, damit wollte sie nicht herausrücken.

»Aber was sage ich, wenn die Kripo sie bei mir findet? Was soll ich nur machen! Da bin ich untendurch, die glauben mir doch nicht!«

Und so in der Tonlage weiter. Komisch ist es ja immer wieder in meinem Leben gewesen, was die Leute mir alles erzählen und daß sie sich vor mir so gar nicht genieren. Daß sie nämlich auch bei mir untendurch sein könnte, kam Frau Kattenstroth wohl gar nicht in den Sinn. Oder zumindest schien es ihr nicht weiter bedrohlich. Es ist natürlich eine große Gabe, wenn man so vertrauenswürdig ist wie ich oder es zu sein scheint. Aber auch ein Fluch, das können Sie mir glauben. Ewig muß man alles mögliche ausbaden, was andere sich eingebrockt haben. »Du bist stark, du hältst das aus«, wird einem gesagt. Und dann bürden sie einem noch mehr auf. Und wo soll unsereins mit seinem ganzen Seelenkrempel hin, bitte schön, können Sie mir das mal verraten? Dafür haben die anderen dann nämlich keine Ohren. Wenn ich mal Hilfe brauchte, dann hieß es immer, ich würde das schon schaffen.

Damit trösteten sie aber nicht mich, sondern bloß sich selber. Damit sie mich wieder allein lassen konnten. Lisa Reinhardt braucht Hilfe – nein, das paßte nicht ins Bild. Und tatsächlich brauchte ich auch wirklich keine, stärker als die anderen war ich doch allemal. Und dieses Wissen verleiht einem dann ja auch immer noch mehr Kraft.

Und nun hockte also dies Häufchen Elend in meiner Küche, die arme Frau Kattenstroth, die war wirklich völlig durcheinander.

»Was sage ich, was mache ich, wenn sie die Wohnung durchsuchen? Und meine Fingerabdrücke sind darauf?«

Ja, da gab es nur eins, sie mußte die Briefe eben zu mir herunterbringen. Ich würde schon verhindern, daß sie Unbefugten, und sei es auch der Polizei, in die Hände fielen. Vorausgesetzt, es stand nichts drin, was Verdachtsmomente gegen Unbekannt enthielt.

Während sie hochhuschte, um die Briefe zu holen, hatte ich gerade man Zeit, die Gummihandschuhe anzuziehen und hinter ihr aufzuwischen, es war nämlich wieder mal passiert. Und dann war sie schon wieder da und knisterte in ihrer Schürzentasche herum. Ich hatte ihr geraten, die Briefe da hineinzustecken. Und genauso machte ich es auch, ich ließ das Bündel stickum in die Tasche meiner Schürze gleiten, die ich fix umgebunden hatte. Wulf hatte sie mir übrigens zum vorigen Weihnachtsfest geschenkt, 'ne ganz hübsche, *Food should be cooked with lots of love and lots of butter,* steht drauf – na, da staunst du über mein Englisch, min Deern, ja? Habe ich auch lang für geübt.

Also, wie gesagt, ich steckte die Briefe in die Schürzentasche, zu den ollen Taschentüchern, die ich noch schnell wieder aus dem Wäschekorb hervorgeholt hatte. Darunter würde doch auch eine Kommissarin nicht freiwillig suchen, oder?

Und dann brachte ich Frau Kattenstroth sogar noch zum Kichern, indem ich den Zeigefinger verschwörerisch auf den Mund legte. Wir zwinkerten uns zu, und sie huschte wieder davon. Leise schleichen kann sie ja, die Katze, das muß man ihr lassen, wenn sie auch sonst nicht ganz dicht ist.

Ich zog mich dann erst einmal aufs stille Örtchen zurück, um mir die Bescherung in Ruhe anzuschauen. Das war denn doch die Höhe! Mir fehlen wirklich die Worte, immer noch. Die hatte da ein ganzes Dutzend fremder Briefe gehortet, in einem steckte sogar noch ein Fünfzig-Mark-Schein. Warum machte sie so etwas, wenn sie gar keinen Nutzen für sich davon hatte? Aber die Frau ist eben einsam, das erklärt so manches.

Die Briefe, die sie mir gab, waren durch die Bank Verehrerbriefe. Mehrere stammten von einem Jürgen Krüger, der ziemlich schwüle Sachen schrieb. Schwülstige Sachen, meine ich. Ich weiß jetzt nichts Genaues mehr auswendig, ich hatte ja auch gar nicht die Zeit, das alles in Ruhe zu studieren. Es ging mir nur darum zu sehen, ob die Briefe Gefährliches enthielten oder nicht. Jürgen Krüger schien jedenfalls hinreichend interessant zu sein, um die Polizei auf ihn aufmerksam machen zu müssen.

Ferner fünf Briefe von einem Peter Stolte, das mußte Engelchens Vater sein. Steile Handschrift, jede Zeile, jeder Satz ein einziger Ausdruck von Trotz. Immerhin erfuhr ich jetzt etwas, das ich bis dahin nicht gewußt hatte, nämlich daß sich Freund Peter offensichtlich mit einer anderen davongemacht hatte, die aber anscheinend inzwischen nichts mehr von ihm wissen wollte. Und daß er nun aus der Not eine Tugend machte und sich wieder mit Carmen zusammentun wollte, nur daß die ihrerseits skeptisch geworden war. Das war ihr ja auch nicht gänzlich zu verargen. Dieser Peter hielt nun, so mußte man es wohl nennen, um ihre Hand an, wenn auch auf eine reichlich ungeschickte Weise, indem er doch tatsächlich alles abstritt, was sie ihm anscheinend vorgeworfen hatte.

Das ist taktisch ja ganz falsch. Daß die Jungen das nicht begreifen wollen! Ein Mann muß uns Frauen erst mal recht geben und einsehen, was ihm vorgeworfen wird, das ist meine Meinung. Dann fühlen wir uns verstanden und schmelzen doch sofort dahin. Denn eigentlich wollen wir im Grunde nur verzeihen, darauf jibbern wir doch alle. Und Carmen Kaempfe bildete da sicherlich keine Ausnahme, denke ich mir. Aber diese Jungen, na ja, die müssen sich eben erst mal die Hörner abstoßen. Haben eben auch noch ihren Stolz, zu allem Überfluß. Kurz und gut, dieser Peter fing schon gerade an, mir leid zu tun, als mir ein interessanter Satz ins Auge stach.

»Wenn du mich nicht endlich anhörst, dann sollst du es bereuen«, stand da, und weiter: »Dann stehe ich nämlich eines schönen Tages zum letzten Mal vor deiner Tür, und deine Hartherzigkeit wird dir dann noch verdammt leid tun!«

Höchst interessant, nicht wahr? Natürlich Deine, Dir und Du immer klein geschrieben, lernen ja keine Umgangsformen mehr in der Schule. Woher denn auch, haben die Lehrer ja selber nicht. Zu meiner Zeit, da hat man da noch fein drauf geachtet. Ein Liebesbrief, und dann Du klein, nee, weiß Gott, das wäre nicht in Frage gekommen. Aber interessanter war jetzt natürlich der Inhalt des Satzes. Keine Frage, den Brief mußte die Polizei auch zu Gesicht kriegen.

Der nächste Brief aber, der verschlug mir nun gänzlich die Sprache. Das war der mit dem Geldschein darin, und der stammte doch tatsächlich von meinem Sohnemann. Hast du Töne! Viel Kompromittierendes stand nicht drin, Dicki war ja immer ein bißchen phantasielos und faul. Läßt sich eben lieber bedienen, auch in der Liebe. Rennen ihm ja sowieso alle hinterher, der Junge braucht sich keine große Mühe zu geben. Das hat er gar nicht nötig. Aber allein die Tatsache, daß so ein Brief existierte! Wer weiß, vielleicht lagen noch mehr von der Sorte da oben in ihrer Wohnung herum, und die Kommissarin fand sie gerade in diesem Moment. Und dann das schöne Geld! Ich war ziemlich aufgebracht, und in meiner Erregung habe ich den Brief sofort in kleine Stücke gerissen und ins Klo geworfen. Ich mußte mehrmals nachspülen, immer schwamm noch so ein Fitzelchen im Becken herum. Den letzten, hartnäckigsten Schnipsel habe ich schließlich mit der Hand wieder herausgeholt, mir blieb nichts anderes übrig.

Zum Glück hatte ich noch immer die Gummihandschuhe an.

Inzwischen klopfte Wulf an der Toilettentür und fragte, ob mir schlecht sei und ob er mir helfen könne. Das war ja nun wieder rührend, er ist wirklich sehr aufmerksam. Ich rief also, ich komme schon, steckte die übrigen Briefe wieder in die Schürzentasche, auch die Gummihandschuhe und das Geld natürlich, und ging zu ihm raus. Erst einmal setzte ich uns einen Kaffee auf, und dabei fiel mir ein, daß ich gar keine Handschuhe für Engelke hatte. Auf dem Spielplatz ja, aber nicht hier. Und es war doch schon reichlich kalt, und vielleicht wollten wir nachmittags noch einmal rausgehen. Ich bin also wieder zur Dachwohnung hochgestiegen. Da waren sie inzwischen mit dem Abkleben fertig, der Fotograf und der Zeichner waren schon weg, aber die Leiche lag noch da, gut verpackt und beschriftet. Schrecklich! So eine unwürdige Lage, nur gut, daß die Tote es selbst nicht mehr spüren konnte.

Ich sagte mein Sprüchlein mit den Handschuhen auf, und die Kommissarin meinte, »ach, Frau Reinhardt, gut, daß Sie kommen, ich wollte sowieso mit Ihnen reden«.

Na, erst rutschte mir das Herz in die Hose, als ich das hörte, auch wegen Dicki. Es ging aber nur darum, daß sie eine Lösung für das Kind finden mußten, das mußte ja nun irgendwo bleiben, und weder der leibliche Vater noch die Großeltern waren so schnell ausfindig zu machen. Sie kam aus einer etwas gestörten Familie, das habe ich wohl schon gesagt. Die Frage war also, ob ich mich bis auf weiteres der Kleinen annehmen könnte, zumal ich ja die Tagesmutter war und das Kind Vertrauen zu mir zu haben schien. So sagte sie. Na, und ob Engelchen zu mir Vertrauen hatte! Mehr doch beinahe als zu ihrer eigenen Mutter! Das habe ich dann auch gesagt.

Ich hatte schon die ganze Zeit über insgeheim gehofft, oder nein, offen gestanden, ich war eigentlich wie selbstverständlich davon ausgegangen, daß Engelchen bei mir bleiben würde. Sie würde die Mutter vielleicht bald vermissen, aber noch schlimmer wäre doch für sie, nun in eine ganz fremde Umgebung, zu wildfremden Leuten verpflanzt zu werden. Das mußte doch jeder einsehen. Denn das waren Vater und Großeltern doch für sie, wild-fremde Leute. Während sie mich allerbestens kannte und liebhatte, sie war doch sowieso mehr bei mir zu Hause gewesen als bei diesem jungen Ding von einer Mutter. Ich hatte einmal von einem Mord im Abendblatt gelesen, da war eine dreifache Mutter in Billstedt erwürgt worden, und da wurden die Gören auch bei den Nachbarinnen untergebracht. Die standen ja schließlich nicht unter Tatverdacht, nur ein Mann, der im selben Wohnblock gewohnt hatte, soweit ich mich erinnern kann. Und ich würde ja wohl auch nicht unter Mordverdacht geraten, oder?

Aber daß die Kommissarin jetzt andeutete, daß man auch andere Lösungen überlegen könnte beziehungsweise daß das Amt für Soziale Dienste bald eine eigene Regelung treffen würde, das gefiel mir gar nicht. Nein, nein, Engelchen sollte auf jeden Fall bei mir bleiben, das war das einzig Richtige. Ich hätte sie doch zu gern ganz in Pflege genommen. Und das sagte ich auch klipp und klar. Nicht daß ich Dankbarkeit erwartete. Die Kommissarin sollte nur wissen, daß sie auf mich zählen konnte. Sie würde es schon den entsprechenden Stellen weitersagen, dachte ich.

Nun hatte ich ja eigentlich die Briefe wieder zurückschmuggeln wollen, aber es ergab sich leider keine günstige Gelegenheit dazu. In der Wohnung waren einfach noch zu viele Leute mit der Spurensicherung beschäftigt. Ich nahm sie also unverrichteter Dinge wieder mit mir nach unten. Kurz überlegte ich, ob ich den Packen vielleicht einfach in Carmens Briefkasten stecken sollte. Die Polizei würde ihn ja dann schon finden. Aber den Gedanken verwarf ich schnell. Erstens schien mir das Treppenhaus zu unruhig, wer weiß, jemand würde mich vielleicht gerade in dem Moment beobachten, wo ich sie einwarf. Wie sollte ich mich dann herausreden, ohne Frau Kattenstroth bloßzustellen? Außerdem bliebe das Ganze zu nah beim Haus, man würde doch sofort jemanden von hier verdächtigen. Und wer weiß, ob Frau Kattenstroth dann dichthalten würde. Nein, ich würde die Briefe in einen großen braunen Umschlag stecken, an Carmen Kaempfe adressieren und einfach irgendwo auf die Post bringen. Danke für das Vertrauen, mit schönem Gruß zurück, Dein – und darunter irgendeinen unleserlichen Kringel. Mit der Zeit würden die Briefe schon in die Hände der Polizei geraten, wie, sollte mich nicht mehr bekümmern, auch nicht, welche Spur man dann verfolgen würde. Oder nein, besser die Sendung gleich anonym an die Kripo schicken. Dann war wenigstens ganz sicher, daß sie das Bündel auch kriegen würden.

Das habe ich dann später am Nachmittag wirklich gemacht, als ich Engelchen in der Karre spazierenschob – es ist übrigens zu niedlich, wie sie vor Freude immer juchzt dabei: »Teita! Teita!« und dann so mit den Armen rudert. Beim Postamt am Mühlenkamp habe ich die Chose in den Briefkasten geworfen, unfrankiert, ja, das sollte mal ruhig der Staat bezahlen. Das war doch sozusagen dienstlich, und ich hatte für Frau Kattenstroth nun wirklich schon genug Unannehmlichkeiten auf mich genommen, finden Sie nicht? Zwei, drei Briefe waren ja dabei gewesen, die ich nicht mehr habe lesen können. Das war nun schade, ein bißchen neugierig ist man doch, aber ich wollte sie andererseits auch los sein. Ich habe mich nur vergewissert, ob etwa noch einer von Dicki dabei war. Das müssen Sie meinem Mutterherzen nachsehen, wohl jede hätte es so gehalten, glaube ich.

Wo war ich vorhin stehengeblieben? Ah ja, als ich mit den Handschuhen zurückkam, war Engelchen inzwischen aufgewacht. Ich habe ich ihr als erstes einen schönen Quark mit Apfelmus und geriebenem Zwieback gemischt, und sie hat die ganze Schüssel mit großem Appetit aufgefuttert. Tüchtiges Mädchen! Sie war putzmunter, und ich paßte nun immer auf, was sie so alles plapperte und von sich gab. Denn die Kommissarin hatte mich extra darum gebeten, daß ich auf alle Äußerungen des Kindes achten sollte. Die Kleinkindersprache ist ja für Außenstehende schwer zu verstehen, oft überhaupt nicht und selbst für die Eltern nicht immer leicht. Aber niemand verstand Engelchen so gut wie ich.

Ich habe dann also meine Spazierrunde mit ihr gedreht, bis zum Mühlenkamp und zurück, am Goldbekufer entlang, das war ganz hübsch, und es war auch dringend nötig, daß ich mir mal ein bißchen die Beine vertrat und frische Luft schnappte. Wulf kam nicht mit, was er sonst manchmal ganz gern macht, aber er wollte ein bißchen die Beine hochlegen und auf dem Sofa seinen Mittagsschlaf nachholen. Die Ereignisse hatten ihn stärker aufgeregt, als er sich anmerken ließ. Als wir zurückkamen, schlief er wirklich den Schlaf der Gerechten, aber die ganze Zeit über hat er das wohl nicht getan. Denn stellen Sie sich vor, Marthe, als ich auf die Toilette ging, sah ich in der Toilettenschüssel noch ein paar Schnipsel blitzen, die stammten aber nicht von Dickis Brief. Soviel konnte ich erkennen, aber leider nicht mehr, denn die Schrift war zu unleserlich und die Tinte ganz verwaschen. Jedenfalls stand fest, auch mein lieber Wulf hatte irgend etwas verschwinden lassen müssen. Nur daß er, wie immer, nicht ganz so gründlich dabei vorgegangen war wie ich.

Während ich noch so über dem Klo meditierte, hörte ich schwere Schritte im Treppenhaus – beinahe möcht' ich sagen, es war ein Ächzen und Knarren – und bin also schnell in die Küche hinters Fenster gestürzt. Da konnte ich gerade noch erspähen, wie die Leiche abtransportiert wurde. Das war so um halb sechs herum, vier Stunden haben sie also etwa in der Wohnung herumgewurschtelt. Was sie wohl alles sichergestellt hatten?

Der Rest des Abends ist schnell erzählt. Natürlich habe ich sofort versucht, Dicki anzurufen, mehrmals, aber er schien nicht zu Hause zu sein. Oder er nahm den Hörer nicht ab. Bis Wulf aufwachte, habe ich nett mit Engelchen in der Küche gespielt, und dann habe ich ihn gebeten, mal bei dem Jungen vorbeizufahren und nach dem Rechten zu schauen. Wulf hat ihn nicht daheim angetroffen, aber einen Gruß von mir an der Tür hinterlassen. Das haben wir oft so gehalten: ein Gläschen selbstgemachte Marmelade oder ein Töpfchen von meiner Kräuterbutter, in einer Plastiktüte an seine Türklinke gehängt – kein Fremder würde etwas dabei finden. Für Dicki aber ist es natürlich ein Signal: Melde dich! Doch war er an jenem Tag zu seinem Freund von der Bundeswehr gefahren. Das sollte sich dann alles später aufklären. Noch aber ist es nicht soweit.

Nun war es also Abend geworden. Spielen mit Engelchen. Die Kleine baden. Abendbrot. Und immer mit einem Ohr ins Treppenhaus gelauscht. Es herrschte eine seltsam gespannte Atmosphäre. Zwar schien es oberflächlich ganz ruhig im Haus. Aber man spürte förmlich, wie alles nach außen fieberte und drängte, als ob die Türen und Wände plötzlich durchlässig geworden waren. Ich glaube nicht, daß ich mir das nur einbildete. Plötzlich waren wir wirklich eine Hausgemeinschaft geworden, all diese schrulligen Einzelwesen, die der Zufall hier zusammengewürfelt hatte. Jeder mit seinem Leben, seiner Geschichte, seinem besonderen Freud und Leid, und endlich hielt uns etwas zusammen. All unsere Gefühle und Gedanken waren über uns hinausgewachsen und miteinander verschmolzen. Jeder strebte zu seinem Nachbarn. Daß das nun ausgerechnet diesem Fremdkörper, der neuen Mieterin, zu verdanken war, war schon erstaunlich. Komisch war das, ganz seltsam.

Dennoch blieben wir natürlich alle in unseren Wohnungen sitzen, keiner ließ sich draußen blicken. Nur der junge Mann aus dem dritten Stock – der mit seiner Freundin unter Carmen Kaempfe wohnte – ging kurz mal mit dem Hund Gassi. Später hörte ich den Hund längere Zeit bellen, er schien sich gar nicht beruhigen zu können. Tiere spüren den Tod tatsächlich noch anders als Menschen, dachte ich bei mir, ich konnte ja nicht ahnen, was in Wirklichkeit mit ihm los war. Schreckliche Geschichte.

Engelchen gleich nach dem Essen, wie es richtig gewesen wäre, ins Bett zu bringen, daran war erst einmal nicht zu denken. Sie hatte ja sowieso schon einen reichlich verdrehten Rhythmus. Wenn man überhaupt von Rhythmus sprechen konnte. Abends nicht rein und morgens nicht raus, so war das doch bei ihrer Mutter gewesen. Wie sollte sich ein Kind da normal entwickeln? Und jetzt war sie natürlich erst recht durcheinander, Kinder haben ja, genau wie Tiere, eine feine Antenne für das, was um sie herum passiert. Jede Aufregung, jede Nervosität überträgt sich sofort auf sie, auch wenn man sich alle Mühe gibt, sie davon abzuschirmen. Ich ließ sie also erst einmal gewähren und ruhig spielen. Wulf saß in seinem Feierabendsessel und sah fern, und sie krabbelte zu seinen Füßen herum und beschäftigte sich. Bettete ihr Püppchen in seinen Pantoffel, ganz drollig. Der Film war zwar nichts für Kinder, irgend so ein amerikanischer Krimi, die ich ja gar nicht leiden kann. Aber einmal ist keinmal, tröstete ich mich. Es würde ihr wohl nicht so sehr schaden, nach allem, was geschehen war. Denn was konnte ein Bildschirmkrimi schon groß anrichten, wenn es das Kind nicht einmal aus der Fassung brachte, daß in seinem Beisein die Mutter ermordet wurde?

Unterdessen machte ich ihr Bettchen fertig. Sie sollte mit bei uns im Schlafzimmer schlafen, das hatte sie – und andere Kinder – auch sonst schon manchmal getan. In dieser Beziehung ist Wulf echt großzügig. Wir haben für diese Fälle sogar ein kleines Kinderklappbett bei uns stehen, das richtete ich also hübsch her, legte auch ihr Schlafpüppchen hinein, die Spieluhr, die sie so liebte, und ein paar Gummibärchen als kleines Betthupferl dazu. Sie sollte es richtig schön haben bei mir. Damit sie ihre Mutter nicht zu sehr vermißte! Als der Film zu Ende war, sahen wir dann noch die Nachrichten, und dann meinte Wulf, daß er müde sei. Da konnte ich ihm nicht widersprechen. Nur Engelchen, die war putzmunter. Wir haben dann trotzdem versucht, alle zusammen ins Bett zu gehen, aber sie wollte sich partout nicht hinlegen lassen. Setzte sich immer wieder auf und spielte ihre Spieluhr ab und krähte laut dazu »Duten Abend, dut' Nacht . . .« Nee, also das Schlaflied bewirkte nichts bei ihr. Absolut gar nichts. Es verhinderte nur, daß Wulf und ich einschlafen konnten.

Haben Sie das mal erlebt, so eine Spieluhr, und dann dasselbe Liedchen dreißig-, vierzig-, fünfzigmal hintereinander abgespult? Und manchmal stockt der Faden, dann bleibt das Liedchen an den unpassendsten Stellen mitten im Takt stecken. Das ist das Nervigste, wenn die Musik unvermittelt abbricht und man dann plötzlich merkt, wie man die Melodie im Kopfe weitersingt. Dann haben Sie sich den schönsten Ohrwurm eingefangen. Schon jetzt, wo ich's Ihnen erzähle, muß ich unwillkürlich wieder im Geiste singen.

Schlafe selig und süß, schau im Traum's Paradies – Wer weiß, was Frau Kaempfe jetzt gerade schaute?

Irgendwann riß Wulf der Geduldsfaden, er knipste das Licht an und platzte laut heraus, daß er jetzt endlich, endlich! seine Ruhe haben wolle. Das hat Engelchen aber nicht weiter beeindruckt. Mit großen Augen saß sie an unserem Fußende in ihrem Bettchen und schaute zu uns herüber. Ich stand also auf und schnappte mir die Kleine und ging mit ihr ins Wohnzimmer hinüber, damit Wulf schlafen konnte.

So gut gelaunt wie vorhin war Engelchen jetzt aber nicht mehr. Sie war ja doch in Wirklichkeit völlig übermüdet und wurde also immer quengeliger und quengeliger. Im Zimmer auf und ab tragen, was an sich ja gut hilft, konnte ich sie nicht mehr, dazu war sie mir inzwischen zu schwer. Ich nahm sie also auf den Schoß und habe meinerseits versucht, ihr etwas vorzusingen und sie dabei in meinen Armen zu wiegen. Aber das half alles nichts. Sie rutschte unruhig hin und her und zappelte bloß und versuchte, sich aus meiner Umarmung zu winden. Ich wurde immer verzweifelter. Denn ich war ja auch mordsmäßig müde. Und mich einfach hinzulegen und sie sich selbst zu überlassen, wie das ihre Frau Mama wohl häufiger gemacht hat, das traute ich mich nicht. Wer weiß, was sie dann alles in meiner Wohnung anstellen würde. Auch ist es gefährlich. Denn wir haben sie nicht vollkommen kindergesichert, so die Steckdosen und diese Dinge. Ich für meinen Teil passe lieber selbst darauf auf, daß den Kleinen bei mir nichts passiert.

Schließlich fing Engelchen an zu schreien. Erst schluchzte sie nur, aber dann forderte sie laut und vernehmlich ihren Schnulli:

»Nulli haben, Nulli haben!«

Daß ich nicht selbst darauf gekommen war! Natürlich, sie brauchte einen Schnuller, den nahm sie immer noch gern, und ausgerechnet daran hatte ich nicht gedacht! Alles mögliche hatte ich oben eingepackt, wie Sie wissen, Kleidung und Spielzeug und Windeln, nur ihren Schnulli nicht. So ein Schiet! Entschuldigung! Vielleicht hatte ich's schlicht verdrängt, weil doch der Toten ein Sauger im Mund gesteckt hatte. Und das wär' doch irgendwie pietätlos gewesen, finden Sie nicht, in dem Moment, als sie noch da lag, nach einem anderen Schnuller suchen. Das wäre doch auch den Polizisten sicher befremdlich vorgekommen.

Was sollte ich jetzt aber machen? Inzwischen war es elf, halb zwölf vorbei, woher so schnell einen Schnuller nehmen und nicht stehlen? Ich hätte mich natürlich wieder anziehen können und zur Apotheke in der Jarrestraße gehen. Da ist ja immer ein Aushang, welche Apotheke im Viertel gerade Nachtdienst hat, und dann hätte ich dorthin laufen können, falls es die in der Jarrestraße nicht war, um einen Schnuller zu kaufen.

Einmal ist mir übrigens etwas Lustiges passiert. Da habe ich nämlich in der Apotheke den Türken von oben getroffen, Herrn Özdemir, der wollte gerade für seinen Jüngsten einen Schnuller kaufen. Er hat ja drei Söhne, schlafen alle übereinander in einem Etagenbett. Und da hat er »ein Kindergummi« verlangt. Erst hat ihm die Apothekerin Kaugummi angeboten, ohne Zucker, wie sie betonte. »Nein, ein Kindergummi!«, hat er leicht gereizt wiederholt. Und denken Sie, was sich die Apothekerin da gedacht hat! Eine Packung Kondome schleppte sie an, und Herr Özdemir ist richtig wütend geworden. Zum Glück habe ich begriffen, was er wollte, und konnte ein bißchen vermitteln. So was kann passieren.

Aber mich jetzt noch mal anzuziehen und auf den Weg zu machen, war mir, ehrlich gesagt, einfach zu umständlich. Das hätte ja mindestens eine halbe Stunde gedauert, bis ich zurückgekommen wäre. Eher eine ganze. Und Engelchen wäre noch mehr durchgedreht und hätte Wulf gestört oder womöglich die ganze Nachbarschaft verrückt gemacht. Sie mitzunehmen, war mir erst recht zuviel. Und außerdem hatte ich Angst, zu so später Stunde noch ganz allein auf die Straße zu gehen. Ich bin doch nicht verrückt. Wer weiß, da sind dann diese Heroinsüchtigen unterwegs und wollen gerade die Apotheke ausrauben, und dann finde ich mich noch in einem Krimi wieder. Nein, dieser Tag hatte mir gereicht. Auch ich wollte jetzt so schnell wie möglich meine Ruhe haben.

Ich habe mir also nur schnell den Morgenmantel übergeworfen, mich mit einer Taschenlampe bewaffnet und den Schlüssel zu Carmen Kaempfes Wohnung eingesteckt – ist schließlich auch Engelchens Wohnung, das gab doch in gewisser Weise auch mir ein Recht – und dann an der Tür zum Treppenhaus gelauscht. Alles ruhig, na, und dann raus. In solchen Dingen bin ich recht beherzt, das können Sie mir glauben. Wie eine Verbrecherin, so leise, bin ich im Dunkeln die Treppen hochgeschlichen. Ich wollte ja nun wirklich nicht, daß mich jemand in dem Aufzug erwischt. Bei uns im Parterre und auch im ersten Stock wohnt jeweils nur eine Partei auf jeder Etage, wegen des Durchgangs zur Meerweinstraße ist das Haus so apart gebaut. Ab dem zweiten Stock gibt es dann zwei Wohnungen in jedem Stockwerk, da wurde es also etwas brenzliger und spannender, ob wohl gerade jetzt jemand herauskommen würde. Doch es ging auf Mitternacht zu, das Risiko, gesehen zu werden, war nicht sehr groß. Im dritten Stock hörte ich den Hund hinter der Tür winseln, verbellt hat er mich aber nicht, das arme Tier!

Und dann kam die Schrecksekunde. Ohne das geht es wohl nicht. Plötzlich ging oben bei Herrn Petermann die Wohnungstür auf, und ein Lichtstrahl fiel ins Treppenhaus. Ich habe mich also auf der Stelle so dünn gemacht, wie ich nur konnte, und in den Schatten an die Wand gedrückt, zwischen der dritten und vierten Etage. So regungs- und bewegungslos wie möglich wartete ich ab. Rechts, ein bißchen unterhalb von mir, hatte ich das Treppenhausfenster, da schien ein wenig Licht von der Straße und den Häusern gegenüber herein, und linker Hand also die geöffnete Tür. Und was denken Sie, was geschah: Der Mitbewohner von Herrn Petermann kam herausgehuscht, und zwar splitterfasernackt, was sagen Sie dazu! Lautlos glitt er die Treppe hoch und verschwand auf dem Dachboden. Die Bodentür sollte eigentlich immer abgeschlossen sein, ist sie auch, jedenfalls, wenn ich auf den Dachboden gehe. Was das hier nun zu bedeuten haben sollte, darauf konnte ich mir wahrhaftig keinen Reim machen. Ich erinnerte mich wieder, daß Wulf im Gespräch mit Herrn Petermann am Nachmittag auch schon eine solche, für mich unverständliche Andeutung gemacht hatte. Eine Drohung war es fast gewesen. Aber jetzt hatte ich keine Zeit, länger darüber nachzudenken. Ich mußte handeln. Dem, der nicht handelt, steht das Glück bekanntlich nicht bei.

Die Tür zu Herrn Petermanns Wohnung hatte sein nackter Mitbewohner hinter sich zugezogen. Von der Seite schien also unmittelbar keine Gefahr zu drohen. Aber wer konnte wissen, wie schnell er wieder zurückkehren würde? Es war doch schließlich kalt da oben!

Also die Taschenlampe angeknipst und hoch zu Carmen Kaempfes Tür. Ich hatte mir ja denken können, daß sie versiegelt sein würde. Und wirklich, da klebte so ein schöner amtlicher Streifen über dem Schloß. Aber darauf konnte ich jetzt keine Rücksicht nehmen, das Kind wollte schließlich versorgt sein, und in erster

Linie müssen die Lebenden an die Lebenden denken, nicht wahr? Wenn die Kommissarin das nicht verstünde, dann sollte sie ab morgen früh gefälligst selber für das Kindlein sorgen.

So machte ich mir Mut, und dann stieß ich in das Siegel hinein und schloß kurzerhand die Wohnungstür auf.

Nun war das schon unheimlich. Die Zimmer lagen so leer und still, ja, so unbeseelt, nur ein kleiner Durchzug, ein kalter Lufthauch war zu spüren. Aber nicht, weil Carmen Kaempfes Geist da herumflatterte, sondern weil die Polizisten ein Fenster wohl zum Lüften offengelassen hatten. Ich holte einmal tief Luft und schloß schnell die Tür hinter mir. Das Deckenlicht in der Diele einzuschalten, traute ich mich nicht, das wäre vielleicht doch von der Straße her sichtbar gewesen. Also ließ ich den Strahl der Taschenlampe im Raum umherwandern und hielt nach einem Schnuller Ausschau. Sonst lagen immer eine ganze Menge herum, an den unmöglichsten Orten, auf Schritt und Tritt stolperte man über welche. Jetzt sah ich natürlich erst mal keinen einzigen.

Die Kriminalpolizei hatte bei ihrer Durchsuchung übrigens keine große Unordnung angerichtet, das hatte ich mir ganz anders vorgestellt. Eher sah es besser aufgeräumt aus als sonst. Ihr Matratzenlager war sogar mit der Tagesdecke zugedeckt, wozu Madame Carmen selbst meist zu bequem gewesen war. Die halbleere Weinbrandflasche war natürlich verschwunden. Im Schlafzimmer der Mutter fand ich keinen Nuckel und sah auch sonst nichts, was irgendwie mein

Interesse hätte erwecken können. Die hatten ganze Arbeit geleistet.

Dann suchte ich im Kinderzimmer weiter und tastete in Engelchens Gitterbettchen herum, ob da irgendwo ein Schnuller läge, ebenfalls vergeblich. Auch unter dem Bettchen, nichts. Wenn Staub nichts ist, heißt das. Asche zu Asche, Staub zu Staub. Na ja.

Wissen Sie, so ein leeres Kinderzimmer im Dunkeln ist etwas Schreckliches. All die hübschen Spielsachen gewinnen erst dadurch Leben, daß ein Kind sie berührt. Für sich genommen sind sie nichts weiter als eine Ansammlung von Plastikschrott. Das moderne Kinderzimmer, eine Sondermülldeponie, meinte eine Mutter von meinem Spielplatz einmal. Irgendwie hatte sie recht, auch wenn ich das natürlich nie so gesagt hätte. Da stapelten sich also die Plastikwannen, in denen unzählige Bauklötzchen und Schräubchen und Puppenköpfchen und lose Ärmchen und Beinchen und verlorene Autoreifen und Rappeln und Kreisel und Jojos und Puzzleteile und Mensch-ärgere-dich-nicht-Hütchen durcheinander lagen, man konnte ganz melancholisch werden, wenn man zu lange darauf starrte.

Kein Schnuller. Herrgott, hatten die etwa alle mitgenommen?

Ich will's für Sie abkürzen, zu guter Letzt fand ich doch noch einen. In der Küche, im Blumentopf auf der Fensterbank. Ein bißchen Erde klebte dran, aber die konnte ich ja leicht abspülen.

Nun hätte ich eigentlich wieder gehen können. Aber ich weiß nicht, irgend etwas hielt mich fest. Das war so die Stimmung in jener Nacht, vielleicht mußte es so sein. Ich ruhte mich also noch einen Moment vom Treppensteigen und all den anderen Strapazen in der Küche aus und ließ meinen Blick und den Strahl der Taschenlampe umherschweifen, und da sprang mir etwas ins Auge, das schon einmal meine Neugierde erregt hatte. Ein Buchrücken war es, von einem merkwürdigen, irgendwie besonderen Büchelchen. Das stand da eingeklemmt zwischen den paar Kochbüchern auf dem kleinen Regal über der Eßecke. *Aufzeichnungen eines Genies*, so heißt kein Kochbuch, aber das war denen von der Kripo natürlich nicht aufgefallen. Solche Bändchen liegen in Stapeln als Sonderangebot im Teeladen in der Gertigstraße aus, Tagebücher, aber keine gewöhnlichen Kladden, sondern mit Einband und Titel und Buchrücken versehen wie richtige Bücher. Nun wollte ich doch sehen, was es damit auf sich hatte.

Ob Sie mich aber verstehen können? Ich habe es mitgenommen. Der Mensch will doch immer mehr wissen, als er weiß oder als ihm zusteht. Das ist keine bloße Neugierde. Ich glaube, das ist purer Überlebensdrang. Man will wissen, woran man ist auf der Welt. Und ich tat es auch für Dicki, verstehen Sie. Ich weiß natürlich, daß es nicht in Ordnung war, das braucht mir niemand zu erklären. Ich kenne ja die Zehn Gebote und den ganzen Katechismus in- und auswendig. Aber was sein muß, muß trotzdem sein. Und dies mußte sein.

Als ich das Buch in der Hand hielt, kannte ich nur noch das eine Ziel, zurück nach Hause. Das gleiche

Ziel, die eigene Wohnung, schienen aber auch Herr Petermann und sein Partner zu haben, denn gerade als ich zur Tür schlich, hörte ich sie vom Dachboden zurückkommen. Ich blieb also hinter der Wohnungstür stehen und gab keinen Mucks von mir. Nur in meinen Gelenken knackte es ein bißchen, weil ich mich recken mußte, um an den Türspion zu reichen, aber das hat man durch die Tür hindurch wohl nicht vernehmen können. Als ich durch den Gucker sah, mußte ich mir vor Lachen regelrecht auf die Zähne beißen, so ein Bild für Götter bot sich mir. Herr Petermann und sein Freund, Arm in Arm und beide nackt, schritten die Treppe herunter. Wirklich unverfroren waren die, turtelten miteinander herum, achteten nicht auf links, nicht auf rechts und hatten sogar das Licht im Treppenhaus eingeschaltet.

Nachdem die beiden in ihrer Wohnung verschwunden waren, ließ ich noch ein, zwei Minuten verstreichen, und dann begab ich mich vorsichtig hinunter, Schnuller, Buch und Taschenlampe eng an mich gepreßt.

Der Hund hatte zu winseln aufgehört, alles war still. Und auch in meiner Wohnung war endlich Frieden eingekehrt: Engelchen lag zusammengekringelt und selig schlafend auf dem Sofa. Sie machte ihrem Namen alle Ehre. Ich trug sie behutsam in ihr Bettchen hinüber und deckte sie schön warm zu. Es gibt doch nichts Wonnigeres als so einen schlafenden Liebling.

Wulf schnarchte leise vor sich hin.

Und ich, ja, was denken Sie, ich konnte mich jetzt doch nicht einfach seelenruhig ins Bett legen, als ob nichts geschehen wäre. Mir ging es wie ein Windrad im Kopf herum. Alle Müdigkeit wie fortgeblasen. Also kochte ich mir eine Kanne Hagebuttentee und machte es mir mit einer Wolldecke und mit Carmen Kaempfes Tagebuch auf dem Sofa gemütlich. Und da habe ich dann die ganze Nacht bis zum Morgengrauen lesend verbracht.

3. Kassette

Der Mund eines Mädchens, das lange im Schilf gelegen
hatte, sah so angeknabbert aus.
Als man die Brust aufbrach, war die Speiseröhre
so löcherig.
Schließlich in einer Laube unter dem Zwerchfell
fand man ein Nest von jungen Ratten ...

Das durfte doch nicht wahr sein! Und war auch nicht zu schön, um wahr zu sein! Marthe lehnte sich, ergeben seufzend, in ihren Sitz zurück. Nun war sie schon mal abends ausgegangen, zum Entspannen ins Konzert, hatte von Mord und Totschlag, Scham und Schande und Gewalt und Leibern und Leichen nichts mehr hören wollen, und was wurde geboten? Gottfried Benns Morgue-Gedichte, von einem zeitgenössischen Komponisten, dessen Namen, Ralf Gothóni, sie nie zuvor gehört hatte, sich aber merken würde, vertont und vorgetragen von einer jungen Studentin der Musikhochschule am Harvestehuder Weg. Hierhin ging sie gern von Zeit zu Zeit, um der Experimente willen, die von den Studierenden noch gewagt wurden. Nicht das übliche Musikhallenprogramm, nichts Perfektes, dafür aber immer inspirierend und durch und durch lebendig. Das Mädchen hatte eine interessant gefärbte Stimme, aus der konnte noch etwas werden. Temperamentvoll, dachte Marthe anerkennend. Eine glaubhafte Ophelia.

»Leicht wahnsinnig, findest du nicht?« raunte ihr Begleiter ihr zu.

Marthe rutschte noch tiefer in ihren Sitz. Was hieß schon wahnsinnig in der Kunst? Alle Kunst war doch Schönheit gepaart mit Wahnsinn. Im Unterschied zum Leben, das überwiegend aus Häßlichkeit im Verbund mit Wahnsinn bestand. Warum um alles in der Welt mußte sie elendige Kriminalerzählungen schreiben und hatte sich somit, was kaum jemand für möglich halten würde, der über Kriminalliteratur nachdächte, dem Leben verpflichtet? Und das Leben schrieb zwar Romane, aber keine Poesie. Warum nur brachte sie nicht auch Gedichte zustande, wohlklingende Gebilde, die allem Schrillen, sogar dem Tod noch ein Quantum Ästhetik abgewinnen konnten?

Schöne Jugend, Kleine Aster, Requiem – . . . ach, wie die kleinen Schnauzen quietschten. Benn war nie so ganz ihr Fall gewesen, sein Anbändeln mit dem Faschismus, seine unmögliche Haltung gegenüber Frauen – na ja, da bildete er allerdings keine Ausnahme unter seinen Schriftstellerkollegen. Und die Lasker-Schüler hatte ihn immerhin für Wert befunden, ihn als *Tiger, Knabe* und *König Giselheer* in die Literaturgeschichte eingehen zu lassen. Beneidenswert. Wer würde sie schon je bedichten? Und beneidenswert war es auch, beneidenswert schön und schaurig zugleich, was so einer aus dem Menschenleben machen konnte. *Jeder drei Näpfe voll von Hirn bis Hoden*. Solch eine Zeile, wie man hörte, auch zur musikalischen Interpretation bestens geeignet, würde ihr nie gelingen, dazu liebte sie viel zu sehr. Ja nicht nur einen. Alle. Das Leben überhaupt.

Ihr Begleiter legte wie zufällig seine linke Hand auf ihr rechtes Knie. Marthe hatte ganz vergessen, daß er neben ihr saß, entschied sich aber, die Hand nicht wegzustoßen.

»Die Negerbraut . . .«, flüsterte er ihr wissend zu.

Dann lag auf Kissen dunklen Bluts gebettet,
der blonde Nacken einer weißen Frau.

Das Mädchen auf der Bühne strahlte hingebungsvoll, während sie ihre düster-scharfen Tonsprünge sang.

Ein Neger neben ihr durch Pferdehufschlag
Augen und Stirn zerfetzt.
Der bohrte zwei Zehen seines schmutzigen linken Fußes
ins Innere ihres kleinen weißen Ohrs.
Sie aber lag und schlief wie eine Braut
am Saume ihres Glücks der ersten Liebe . . .
Bis man ihr das Messer in die weiße Kehle senkte
und einen Purpurschurz aus totem Blut
ihr um die Hüfte warf.

Purpurschurz aus totem Blut, das genau war es, was Marthe so traf. Großartig. Wundervoll. So ein Bild würde ihr im Traum nicht einfallen. Allerdings würde sie es auch nicht fertigbringen, von einem schmutzigen Negerfuß zu schreiben, der sich noch dazu ins Innere eines kleinen weißen Ohrs bohrte. Das war doch blanker Rassismus. Schwarz gleich schmutzig, weiß gleich rein und jungfräulich. Widerwärtig. Es war ein Fehler gewesen auszugehen. Man zog doch immer nur das magisch an, was man selber ausstrahlte. In ihrem Falle also Blut und Leichengift. Sie konnte sowieso nicht abschalten. Und nun ging ihr nur noch mehr im Kopf herum, als reichte das andere nicht schon aus.

Es war ja nicht nur ihr eigener Text, ihr eigener Mordfall, der sie in Anspannung hielt. Beim Stichwort weiße Kehle hatte sie wieder an diesen Muttermord denken müssen, diese junge, alleinerziehende Frau, Carmen Kaempfe, die sie gar nicht kannte. Von Unbekannt erdrosselt. Das heißt, noch von Unbekannt. Denn sicher würden doch Frau Reinhardts Kassetten die Auflösung des Falles enthalten, oder etwa nicht?

Ihr wurde bewußt, daß sie sich die Aufzeichnung bislang angehört hatte, als handelte es sich um eine Inszenierung mit klarer Dramaturgie, als würde alles, Exposition, Verlauf, Höhepunkt und Aufklärung der Geschichte, einer inneren Logik folgen. Und wenn die Reinhardtsche sich einfach nur ein Spiel erlaubte, alles erzählte, was sie wußte, und dann irgendwann abbräche? So nach dem Motto, nun schreiben Sie es mal schön selbst zu Ende? Ach nein, das würde die ihr nicht antun, dazu war sie von Anfang an zu zielgerichtet gewesen. Das sah man doch schon allein daran, wie sie die Wohnung der Ermordeten aufgebrochen und deren Tagebuch an sich gebracht hatte. Mit dem würde es wohl weitergehen, darauf war sie schon gespannt. Warum hatte Frau Reinhardt nur das Buch nicht gleich ihrer Sendung beigefügt?

Nach dem Konzert jedenfalls würde Marthe keinen Aufschub mehr hinnehmen, sie mußte so schnell wie möglich nach Hause und allein mit dem Walkman ins Bett und weiter hören. Kein Tête-à-tête in einem gepflegten Pöseldorfer Restaurant, kein anschließendes Stelldichein in der Milchstraße, in der Wohnung ihres gepflegten Begleiters. Schade nur um ihn, dessen Hand gerade, scheinbar absichtslos, beinaufwärts glitt.

Aufzeichnungen eines Genies, Tagebuch von Carmen Kaempfe, begonnen im Juli 1981. So steht es vorne auf der ersten Seite. Ich habe das Buch jetzt hier vor mir, hatte ursprünglich sogar mal daran gedacht, es Ihnen einfach zu dem übrigen Päckchen dazuzulegen. Dann könnten Sie alles selber lesen, und ich würde mir den ganzen Aufwand ersparen. Aber ich habe es mir wieder anders überlegt. Es steht doch einiges in dem Buch, was nicht für fremde Augen bestimmt ist. Manches übrigens auch über mich persönlich, was nicht besonders nett ist. Aber das habe ich inzwischen verschmerzt. Dennoch brauchen Sie nicht alles bis ins kleinste Detail zu wissen, es genügt die grobe Richtung. Ich ermögliche Ihnen einen Eindruck. Und dann werde ich die Aufzeichnungen in meinem Ofen verbrennen. Für etwas muß diese Dreckschleuder ja doch nützlich sein.

Aufzeichnungen eines Genies. Ein bißchen größenwahnsinnig war sie ja. Denn ein Genie war dieses Flittchen nun weiß Gott nicht.

6. Juli 1981

Eigentlich ist heute ja schon der 8., aber das Tagebuch soll dennoch am 6. beginnen. Denn an dem Tag wurde meine Tochter geboren, mittags Schlag zwölf. Wenn das keine Glückszeit ist. Sie soll jetzt Engelke heißen und nicht Jessica. Den Namen gibt es einfach zu oft, und sie braucht was Besonderes. Hello, my little Angel.

Vorhin wurde ich unterbrochen, die Trulla von der Rückbildungsgymnastik kam. Was die sich nicht alles einfallen lassen, um einen zu piesacken. Aber ich habe sie rausgeschmissen. Bin, fürchte ich, unflätig geworden. O weh! Aber von Gymnastik in welcher Form auch immer habe ich ein für allemal die Schnauze gestrichen voll. Das dürfte sie wohl begriffen haben.

Dieser Sch——typ! Das kannst Du ja nicht wissen, mein liebes Tagebuch, aber dieser Mistkerl von Peter hat sich vor vier Monaten abgesetzt. Ausgerechnet jetzt, wo ich ihn endlich mal gebraucht hätte. Perfect timing, muß ich schon sagen. Muß sich ausgerechnet in die Tante von der Schwangerschaftsgymnastik verlieben. Und ich bin auch noch selber schuld! Hätte ich ihn bloß nicht mitgeschleppt dahin. Aber wer kann denn so etwas ahnen! Er sollte doch bei der Geburt dabeisein, und er wollte es auch, und wir hatten schon zu Haus ganz gut gemeinsam atmen geübt. Und sind dann trotzdem zur geburtsvorbereitenden Gymnastik ins Krankenhaus gegangen. Na, und da hat's sofort gefunkt, bei ihr auch, leider Gottes. Und ich stand wie blöd mit meinem dicken Bauch. Nix

»gemeinsam atmen wir der Geburt entgegen«. Allein durfte ich mich abstrampeln. Schei—!!!

Schon wieder unterbrochen. Mittagessen, Stillzeit, Wickelzeit. Von wegen, hier kann man sich ausruhen. Dauernd wirste auf Trab gehalten. Ich komm überhaupt nicht zum Luftholen. Na, vielleicht auch besser so. Und dann liege ich auch noch mit einem Weib zusammen, die ja wohl die Ausgeburt von verklemmt ist. Pumpt sich ihre Milch erst mit einem Pumpgerät ab, um sie dann ihrem Kind in einer Flasche zu reichen. Das muß man sich mal vorstellen! Vermutlich sterilisiert und pasteurisiert und wie der Quatsch alles heißt. Und denn will sie immer nicht, daß wir lüften, von wegen Erkältung und so, dabei stinkt sie wie ein Otter. Wenn ich hier nur erst raus bin!

Ich will noch beschreiben, wie Engelke aussieht. Große blaue Augen, natürlich. So echte Unschuldsaugen. Schwarzer Haarschopf. Echt punkig. Winzig kleine Ohren und Ohrmuscheln, und zehn Finger und Fingernägel und zehn so putzige Stups-Zehen, die möchte man am liebsten alle einzeln abbeißen. Alles dran, was an einem Mädchen dran sein muß. My little girl. Scheiß was auf den Typen, wir kommen doch auch ohne den klar, was!

9. Juli

Ich wollte noch aufschreiben, wie ich auf den Namen kam. Das ist zu komisch. Ich hatte ja anfangs keine Lust gehabt, ins Krankenhaus zu fahren. Wär Tiffy nicht gekommen, wer weiß, ich hätte die Kleine vielleicht glatt zu Hause gekriegt. Schließlich bin ich dann doch los, auf den letzten Drücker, mit der Taxe. Tiffy bestand drauf, echt spendabel. Zum Glück eine Fahrerin. Die hatte gerade das Radio eingeschaltet, und da ging es um das Hamburger Waisengrün, das Fest der Waisenkinder heute vor soundsoviel Jahren. Haben sie immer im Sommer gefeiert, so eine Art Alstervergnügen und Hafengeburtstag in einem, aber für einen guten Zweck.

Ich also kräftig in den Wehen und mich zwischendrin gebildet. Das soll mir erst mal so ein Typ nachmachen!

Engelke Stolte hieß allen Ernstes eines der ersten Kinder, die ins Hamburger Waisenhaus aufgenommen wurden, so um die Sechzehnhundert-grauen-Zwirn. Stolte wird meine Engelke ja nun nicht mehr heißen, nachdem die Hochzeit so kurzfristig abgeblasen wurde. Aber ist doch ein witziger Zufall mit dem Namen. Ihr Vater war ein heimlicher Schneider oder was und hat ihr nichts hinterlassen. Steht von Peter Stolte auch zu befürchten. Auch wenn er kein Schneider ist und uns das Brot auffrißt, hähä.

Aber mein Töchterlein ist ja sozusagen auch ein Waisenkind, wenigstens halb, das paßt doch irre gut, oder?

Eigentlich hatte ich zunächst eine Abtreibung gewollt, nur Peter hat mich davon abgebracht. Reden kann er ja. Das ist noch der Hohn bei dem Ganzen. Obwohl ich jetzt schon froh darüber bin. Aber gewissermaßen bin ich jetzt doch eine Engelmacherin, die Vorstellung gefällt mir irgendwie. Das alles braucht

Engelke aber nie zu erfahren. Das Kind kann ja schließlich nichts dafür.

P.S. Diese andere Engelke wurde später eine Dienstmagd, das muß nicht unbedingt sein.

10. Juli

Heute soll ich schon entlassen werden, einen Tag eher als geplant. Vielleicht weil ich so frech zum Chefarzt war? Der kam nämlich heute auf Visite herein, natürlich nicht zu mir, dazu läßt sich doch so einer nicht herab. Ich bin einfach zu gesund. Die Tussi neben mir hatte ihn bestellt, Brustentzündung, oder was sie sich nun wieder hat einfallen lassen. Und da habe ich die Gelegenheit genutzt und ihn so 'n bißchen angepflaumt, von wegen, er mache die besten Nähte in ganz Hamburg, und mein Morgenrock ist doch ein bißchen an der Schulter eingerissen, und ob er mir das nicht auch mal nähen könne. Die haben alle ganz säuerlich geguckt, nur der Chefarzt hat gegrinst. Haben ja immer einen Sinn für schrägen Humor, diese Herren. Na, wenn der so gekonnt hätte wie er wollte in dem Moment, da hätte ich ihn aber nicht zum letzten Mal gesehen, darauf würde ich Gift nehmen.

Egal, der ist eh zu alt für mich, Hauptsache, ich bin raus.

25. Juli

Die Zeit vergeht, ich weiß nicht wie. So anstrengend hatte ich mir das alles nicht vorgestellt. Wenn ich wenigstens mal wieder zum Duschen käme. Aber das

Fräulein läßt mich nicht. Quakt von früh bis spät, kaum lege ich sie hin. Ob das normal ist? Oder ob irgend etwas mit ihr nicht stimmt? Schlafen tut sie auch viel weniger, als ich dachte. Eigentlich meinte ich, die würden den ganzen Tag schlafen, aber Pustekuchen!

Und natürlich läßt sich kein Schwein hier blicken. Du bist ja jetzt beschäftigt, säuseln sie rum. Ein ander Mal ... Wenn du wieder Zeit hast ... Ach, sind doch alle bloß neidisch! Denen werde ich's zeigen. Die werden sich alle noch sehr wundern, das verspreche ich.

26. Juli 1981

Liebes Tagebuch!

Auf keinen Fall will ich so eine Mutter werden, wie meine eine war. Kam ich nur zur Wohnungstür rein, umfing mich schon der geballte Jammer ihres Daseins. Ich brauchte sie gar nicht zu sehen, ich hörte schon an den bloßen Geräuschen, wie sie in der Küche herumhantierte, daß sie wieder haderte. Ewig litt sie. Es schnürte einem die Luft ab. Den ganzen Raum hat sie mit ihrer Trauer ausgefüllt. Habe ich sie zum Beispiel je mal pfeifen gehört, nur so aus Daffke? Oder hat sie mal ein freches Lied gesungen oder sonst was Pfiffiges gemacht? *Hey babe, take a walk on the wild side ...* Das ist meine Antwort.

Tiffys Mutter ist immerhin auch schon achtundvierzig, aber die ist noch echt gut drauf. Die geht sogar noch in die Disko, das würde Mami doch nie bringen. Sitzt rum und grämt sich, daß Papi futsch ist. Ha, an seiner Stelle hätte ich auch das Weite gesucht!

Ich merke gerade, daß das etwas mißverständlich

klingt. Nicht immer ist man, glaube ich, selber schuld. Zum Beispiel die Sache mit Peter, der hatte nun überhaupt keinen Grund, mich im Stich zu lassen. Wie denn auch. Also nicht immer ist das Opfer selber schuld, das wollen wir doch mal festhalten!

27. Juli 1981

Nachtrag zu gestern. Ich hab mich abends mal kurz abgesetzt und bin auf die Piste. Man muß ja Mensch bleiben! Und eine Mutter ist schließlich auch ein Mensch, obwohl sich das anscheinend noch nicht bis zu den Babys rumgesprochen hat. War auch ganz nett soweit. (Annähernd 2 Meter plus 20 Zentimeter.)

Aber als ich wiederkam, oweiowei. Die war ganz violett, so hat sie gebrüllt. Früher haben sie gesagt, das kräftigt die Lungen. Das war natürlich verlogen. Sicher wollten die auch nur ihre Ruhe haben. Da bin ich wenigstens ehrlich. Die Neurosen kriegt man doch eigentlich nur wegen der Verlogenheit und nicht aufgrund des Vergnügens, oder?

Peter war da. Das Kind ist fast drei Wochen alt, und endlich bequemt sich der A— dazu, seine Tochter zu begutachten. Denn bewundert hat er sie eigentlich nicht richtig. Sieht wohl mir zu ähnlich. Ein Glück! Nicht auszudenken, wie schrecklich alles wäre, wenn ich dauernd an ihn erinnert würde!

Und dann bringt er auch noch diese Tussi mit, diese Wie-heißt-sie-noch-den-Namen-habe-ich-doch-glatt-verdrängt.
So eine Visage, echt zum Abspachteln, und denn klimpert sie immer mit den Augen, ach ja, Pitchen, ach

nein, Pitchen, was du nicht sagst, Pitchen, und so. Die hat man wohl als Kind zu heiß gebadet. Ich habe sie hochkant rausgeschmissen, soll sie eben draußen warten. Gehört ja schließlich nicht zur Familie, oder? Aber denn Peter wieder:

»Dieses ist auch meine Wohnung, ich habe hier auch zu bestimmen.« Wenn er so versucht zu protestieren, ist er echt süß!

P.S. Er hat überhaupt kein Geschenk für Engelke mitgebracht, und für mich bloß so 'n paar flatschige Nelken, total spießig. Den kann man doch echt vergessen, den Langweiler!

In diesem Ton geht das Tagebuch nun so weiter, und schön Buchstabe für Buchstabe ausgeschrieben, was ich hier anstandshalber abgekürzt habe. Offensichtlich war sie in der Wohnung geblieben, die sie vorher gemeinsam mit ihrem Peter bewohnt hatte, und er war zu der neuen Freundin gezogen. Das war ja nun aber auch Pech für Fräulein Kaempfe gewesen, die Kleine tat mir wirklich leid. So etwas ist dann doch wirklich eindeutig die Schuld des Mannes, das muß so ein junges Mädchen ja aus der Bahn werfen. Oder nein, muß eigentlich nicht. Mich hätte es eben nicht aus der Bahn geworfen.

Aber dieses Mädchen, das hat es weiter wild getrieben. Das ganze nächste halbe Jahr über ist in ihrem Tagebuch immer wieder die Rede davon, daß sie es nicht mehr aushält, nur mit dem Kind zu Hause herumzusitzen – ja was denn, da mußten wir doch alle durch, wieso will die nun ausgerechnet eine Ausnahme sein? Und daß sie sich nachts einfach davonstiehlt und irgendwohin geht.

Aber wohin? Ich weiß es nicht genau. Auf die Piste, wo immer die sein mag. Unsereins kennt sich ja nicht mehr so aus ...

Nicht mehr? dachte Marthe amüsiert. Hast du dich denn überhaupt je ausgekannt, du – du – Leider fiel ihr zu so später Stunde keine treffende Bezeichnung mehr für Frau Reinhardt ein. Sie würde weiter darüber nachdenken müssen.

... Ich überspring' jetzt mal paar Seiten. Interessant wird es wieder zu Weihnachten, da nämlich läßt sich Herr Peter erst wieder blicken. Oder wenn er es vorher tat, dann hat sie es zumindest nicht für nötig befunden, darüber zu schreiben.

Am ersten Weihnachtstag.

Selten so ein maues Weihnachtsfest erlebt, und das will etwas heißen. Denn es hat ja früher meist gepflegten Zoff zwischen Mami und Papi an solchen Tagen gegeben, und wenn ich Zoff sage, war der Suff auch nie weit. Immerhin war's immer spannend, muß man zum Trost sagen. Aber im Moment ist mir nur zum Heulen. Zum Heulen zum Heulen zum Heulen.

Meine Pechsträhne fing schon am Samstag vorm 3. Advent an, als ich die furchtbarsten Zahnschmerzen kriegte. Der ganze rechte Unterkiefer total vereitert! Habe erst noch das Wochenende über die Zähne zusammengebissen und gehofft, die Schmerzen würden von selbst wieder weggehen. Aber denkste. Zu allem Überfluß hat Dr. Wimmert dann noch mit mir geschimpft, warum ich mich erst jetzt blicken ließe und so. Als sei ich selber schuld daran, daß er mir den Zahn ziehen muß, der Blödmann. Warum hat er denn sonntags keine Sprechstunde, bitte schön? Sadist!!

Wenn ich ehrlich bin, glaube ich eigentlich, daß das mit den Zähnen die Schuld von Engelke ist. Einen Zahn habe ich ja schon verloren, als ich im dritten Monat schwanger war, das war auch so ein Mordsumstand. Und jetzt den zweiten. Es heißt ja immer, jedes Kind koste einen Zahn, ich aber habe gleich zwei verloren. Irgendeine hat also gemogelt, und ich darf mal wieder doppelt büßen. Also mit dem Stillen ist jetzt Schluß, das Kind zehrt mich einfach zu sehr aus. Da ich mich nun schon mal dazu entschieden habe, kann ich mich endlich auch wieder vollaufen lassen. Tut das gut ... Pröstercher, liebes Tagebuch. Ist ja sonst niemand da.

Später am Abend

O weh, ich glaube, ich vertrage gar nichts mehr. Bin ein bißchen aus der Übung geraten. Ich war aber wegen Engelke auch wirklich sehr brav. Erstaunlich, muß mich selber loben.

Ich will gerecht sein gegenüber meinem Mädchen. Den ersten Zahn habe ich verloren, als ich siebzehn war und beinahe auf der Straße gebürstet worden wäre. War ich dumm! Wußte gar nicht, was das heißt, bürsten. Mami hat mir eben auch nix beigebracht. In St. Georg war's, ich spazierte so lustig für mich die Brennerstraße entlang, um meinen Freund zu besuchen. Wie hieß er doch noch? Und plötzlich standen vier zwielichtige Gestalten vor mir. Tauchten völlig unvermittelt aus einem Tordurchgang auf. Einer hielt eine Haarbürste in der Hand, in der, wie ich hoffte, keine Läuse steckten. Sah verdammt danach aus.

Der neben dem mit der Bürste zischte mir durch eine Zahnlücke etwas zu, das ich nicht verstand – in meiner Erinnerung zischten sie übrigens alle durch irgendwelche Zahnlücken. Ich dachte kurz, wenn du dich jetzt wehrst, schlagen sie dir auch einen Zahn aus. Na ja, und so geschah es dann ja auch. Erst ging ich zum Spaß auf sie ein und ließ mich bürsten – also mit der Haarbürste, meine ich – und sagte noch so naiv dazu:

»Also auf der Straße bin ich noch nie gebürstet worden, mmh, ist das fein.«

Damit sie mir nichts tun. Echt idiotisch!

Doch plötzlich fielen die über mich her, der eine riß an der Bluse, und der andere zerrte da, na, und dann habe ich mich ordentlich gewehrt. Das gab ein Gerangel, das war nicht von schlechten Eltern! Bin ich heute noch stolz drauf, wie ich meine Ehre verteidigt habe. Gekratzt habe ich und gebissen und dem einen in die Eier getreten. Ich höre ihn noch jaulen. Schon die Erinnerung daran soll mir den einen Zahn wohl wert sein.

Zum Glück war ja das Krankenhaus gleich um die

Ecke. Fügt sich doch alles immer wieder zum Besten bei mir.

Gott, was habe ich schon alles erlebt. Ganz schön viel für dreiundzwanzig Jahre. Aber Engelke, der soll so was erspart bleiben. Auf die werd ich aufpassen. Wer der was will, der kriegt es aber mit mir zu tun. Und nun gute Nacht, liebes Tagebuch.

26. Dezember (zweiter Weihnachtstag)

Miau, miau, Kater und Katzenjammer. Peter war da, der Mistkäfer! Das hat mir heute den Rest gegeben. Erst war es ganz nett mit ihm, er hatte sogar ein hübsches Geschenk für Engelke dabei. Ein kleines Schottenpüppchen, das hatte er von seiner Reise neulich aus London mitgebracht. Da hat er also immerhin am Flughafen an uns gedacht, wenn auch zollfrei und *Made in Pakistan*. Erst war ich richtig gerührt und dachte, sieh an, so ganz egal bin ich ihm wohl doch noch nicht. Der Hurensohn! Der Hosenschei——!! Der Mutterf——!!!

Denn womit rückte er so nach und nach raus? Seiner Tussi ist die Wohnung gekündigt worden, in drei Monaten muß sie raus. Und dann gedenken sie, hier einzuziehen! Denn wozu brauche ich schon drei Räume für mich ganz allein? Die Kleine zählt offenbar nicht. Dem habe ich aber meine Meinung gegeigt. Nur, genützt hat es leider nichts. Es stimmt, er hat recht, der Mietvertrag läuft auf seinen Namen. Was soll ich jetzt nur machen? Wer vermietet mir denn eine Wohnung? Verheiratet bin ich nicht, Geld habe ich keins, Job habe ich keinen, Ausbildung habe ich auch keine. Dafür ein Baby am Hals. Und große Pläne, immerhin.

Die ganze Zeit über, während wir redeten, fummelte Peter an dem Schottenpüppchen rum. Das ist nämlich eine Spieluhr, zum Einschläfern, mit einer Strippe und einer großen roten Holzkugel unten dran. Und die Holzkugel ließ er immer zwischen den Händen hin und her schlackern und wickelte sich die Schnur um den Finger, also nervös war er. Ob ich vielleicht doch noch was machen kann? Lieber, lieber Gott, bitte gib mir noch eine klitzekleine Chance. Wenigstens die Wohnung will ich behalten, wenn ich schon den Typ verlieren muß.

Bis Ostern geben sie mir noch Zeit, sagte Peter. Und er will sich auch im Bekanntenkreis umhören. Kommt sich wohl noch besonders großzügig vor. Dem wünsche ich zum neuen Jahr die Pest an den Hals, mitsamt seiner Gymnastikpritsche. Ob ich einfach mit Selbstmord drohe?

Ja, das war nun der nächste Hammer für das arme Kind. Sehr taktvoll war der junge Mann ja wirklich nicht. In den nächsten Wochen und Monaten hat sie die Sache einfach verdrängt. Es gibt nur ziemlich alltägliche Eintragungen. Wie Engelchen ins Krabbelalter kommt. Wie sie eine Mittelohrentzündung kriegt und Carmen Kaempfe eine Grippe. Wie sie sich betrinkt, mit Rum pur. Die Schrift ist manchmal ganz unleserlich, also das ist schon erschütternd. Wie kann sich ein junger Mensch so gehenlassen, ja, so zugrunde richten. Und das in Gegenwart der Kleinen! Wenn das meine Tochter gewesen wäre, der hätte ich mal ordentlich den Hintern versohlt. Wie Engelchen ...

Aber das hörte Marthe nicht mehr, sie war längst eingeschlafen.

... Ostern '82 wurde es dann Ernst. Herr Peter hat Fräulein Kaempfe die Pistole auf die Brust gesetzt, nur an sich selbst gedacht bei allem. Seine neue Freundin von der Schwangerschaftsgymnastik mußte ja aus ihrer Wohnung raus, wo er bis dahin mit abgestiegen war. Und da standen die beiden also eines schönen Tages mit Sack und Pack vor Carmen Kaempfes Tür und wollten bei ihr unterkriechen. Und dann haben sie die Zimmer untereinander neu aufgeteilt, Peter und seine Neue kriegten jeder ein Zimmer für sich, und Carmen durfte zusammen mit Engelchen mit dem dritten vorliebnehmen. Also eine Zumutung! Aber was will man machen, wenn man sonst auf der Straße stehen würde. Und es scheint noch relativ zivil unter den jungen Leuten zugegangen zu sein. Sicher, zwischen den beiden Mädchen spielte sich der übliche Hickhack ab, kleine Spitzen und Bosheiten. Aber immerhin konnte Fräulein Kaempfe jetzt auch mal abends ausgehen, ohne daß das Kind deswegen alleine bleiben mußte. Das hat sie dann auch weidlich ausgenutzt, mein lieber Scholli.

Interessant ist nun wiederum, daß das Herrn Peter gar nicht recht war. Gar-nicht-recht. Aber hören Sie selbst:

30. April 1982

Mein liebes Tagebuch!

Tut mir echt leid, daß ich Dich in den letzten Wochen so vernachlässigt habe. Aber ich mußte hier einiges auf die Reihe kriegen. Du liebe Schei—, nee! Wenn die denken, daß ich hier klein beigebe, dann haben die sich geschnitten. KNIF, Kommt Nicht In Frage. Rache ist Blutwurst! Und ich weiß, wie ich mich räche. Ich ziehe die nämlich zum Babysitten ran, daß ihnen noch Hören und Sehen vergehen wird. Das ist schließlich nur gerecht, denn das erste Dreivierteljahr über habe ich es ja ganz alleine gemacht. Bißchen unruhig bin ich zwar, wegen Engelke. Aber was soll schon groß passieren, soviel falschmachen kann er doch eigentlich nicht. Babysitten tun andere Väter doch auch.

Und heute abend, da gehe ich auf Teufel komm raus zum Tanz in den Mai, da kann er mal schön zu Hause bleiben, der Schlappsch—. Und das habe ich ihnen schon klargemacht, die Kleine hier alleine lassen, sich heimlich absetzen, das kommt nicht in Frage. Das prüfe ich nach!

1. Mai

Wie ich es erhofft habe, so ist es passiert. Die Tussi wollte nicht zu Hause mit ihm bleiben. Sei ja schließlich nicht ihr Kind. Sie ist also ohne ihn los. Das erste Mal, daß sie was Vernünftiges gemacht hat, die Ziege.

Na, der wird noch sein blaues Wunder erleben.

Apropos: Ein Wunder! Das hätte ich ja beinahe vergessen. Ich bin ihm begegnet. IHM. Dem absoluten Wahnsinnstypen. Coupé Einspritzer!!!

Engelke schreit, morgen mehr!

2. Mai

Gestern rief er mich schon an. Endlich mal einer, der es nicht nur sagt, sondern auch macht. Im Hintergrund hat er wohl Engelke gehört, sie sollte ja gerade baden, da habe ich einfach gesagt, das sei das Baby von dem Paar, mit dem ich zusammen wohne. Frech, was, liebes Tagebuch? Aber ich will den nicht gleich am ersten Tag vergraulen. Eine Mutti möchte ja keiner gern haben. Zum Glück sieht man mir's nicht an. (Auch ohne Gymnastik, ätsch!) Irgendwann werde ich's ihm schon stecken. Kommt Zeit, kommt Rat.

3. Mai

Erst mal kam Ronnie (so heißt er). Und ich mit ihm. Und vorher hatte ich meine nächste glorreiche Super-Idee. Der war ja ganz jibberig auf mich, das sah doch eine Blinde mit einem Krückstock, und groß sparen muß der nicht, so wie er aussieht. Also sag ich: »Ich mach's nicht umsonst, hab ich nicht nötig.«

Er: »Wieviel?« Ich ganz lässig: »Was haste denn zu bieten?«

Und da sagt er doch tatsächlich: »Zweihundert Mark?«

So hoch wäre ich ja im Traume nicht gegangen. Eh er's woanders verjubeln würde, meinte er, könne er's auch in mich reinstecken. (Und das hat er dann auch wirklich gemacht, igitt.)

Ich glaube, jetzt beginnt für mich eine echte Glückssträhne. Laß ihn man ruhig blechen, es trifft ja keinen

Armen. Sonst sind doch immer wir Frauen die Dummen.

Ich geh jetzt mit Engelchen spazieren und kauf mir schicke neue Klamotten.

P.S. später: 1 rosa Jeans (herabgesetzt, aber echt geil): 59 Mark, 3 T-Shirts, zusammen 45 Mark; 1 tierisch süßes Sommerkleid 78 Mark (ich bin ja jetzt schließlich erwachsen), macht zusammen 182 Mark. Den Rest spare ich für Engelke auf, die soll schließlich auch nicht zu kurz kommen bei mir.

Ja, da staunen Sie, nicht? Also mir hat's die Sprache verschlagen, wie ich da in jener Nacht lesend auf meinem Sofa lag. Ich traute meinen Augen nicht. Etwas in der Richtung hatte ich zwar schon mal vermutet, aber es dann so schwarz auf weiß bestätigt zu finden, das war doch noch etwas anderes. Das arme Kind ...

Ob sie damit wohl Carmen selbst oder das Töchterchen, Engelke, meinte, fragte sich Marthe. Auch sie war etwas schockiert. Das hätte sie aber vor einer Frau Reinhardt nie im Leben zugegeben.

... Das ist doch nicht normal. Oder sind die jungen Menschen jetzt etwa alle so? Und Sie lachen sich auch eins und finden mich verstaubt? Also für mich war es immer etwas – etwas Heiliges, möchte ich sagen. Gerade auch als ich jung war, mit Willy. Himmel, waren wir schüchtern! Aber das mochte ich gerade an ihm.

Und bei Wulf auch. Den mußte ich ja immer regelrecht ermutigen. Ich dachte zunächst, er wäre schüchtern, aber vielleicht war er nur zu faul?

Jedenfalls konnte das kein gutes Ende mit Fräulein Kaempfe nehmen, das ist klar. Man kann richtig verfolgen, wie sie in ihr Unglück hineingeschliddert ist. Und niemand, der ihr da raushalf!

8. Mai

Gestern abend wieder Ronnie, hat mich auf 150 Mark heruntergehandelt, aber immerhin.

13. Mai

Peter hat rumgestänkert, ich solle mir einen Job suchen. Das bißchen Geld, das er mir gibt, ist ihm noch zu viel, dem Geizkragen. Aber ein Kleinkind braucht die Mutter, das ist meine Meinung ...

Sehr richtig, aber doch nicht so eine! Das ist meine Meinung. Na ja, nichts für ungut, ich lese schon weiter. Aber es ist nicht immer leicht, sich dabei zurückzuhalten.

... Jedenfalls denke ich gar nicht daran, irgendwo in der Öde zu verblöden. Ich will schließlich Schauspielerin werden. Damit muß ich jetzt wegen Engelke zwar etwas warten, aber ich habe mein Ziel noch nicht aufgegeben. Gut, daß es mir jetzt wieder eingefallen ist.

Daß ich wirklich Talent habe, wird mir durch Ronnie bestätigt. Der ist nämlich im Bett eine ziemliche Pleite, wenn ich ehrlich bin, aber ich schaff's trotzdem, ihm was vorzumachen. Dazu gehört doch schließlich auch was, oder!!!

14. Mai

Traurig, aber wahr: So gut wie Peter war bislang keiner. Und jetzt hör ich sie im Nebenzimmer gurren. Da betäuben sie sich, die Täubchen. Schei— auch und zugenäht!!!

Später

Hahaha. Ich habe Engelke bißchen gekitzelt, da ist sie aufgewacht und hat geschrien, sehr zu Recht, wollte ich natürlich, und dann bin ich mit ihr auf dem Arm rüber – sie plärrend – und ins Liebesnest reingeplatzt. Ohne anzuklopfen, versteht sich.

»Könnt ihr nicht'n bißchen leiser, jetzt habt ihr die Kleine aufgeweckt!«

Na, das war ein schöner Interruptus, der hatte sich gewaschen!

Noch später

Jetzt zanken sie nebenan, ich glaub, er kriegt ihn nicht mehr hoch.

12. Juni

R. 100 Mark.

Sinkt mein Kurs? Nein, ich habe nämlich noch einen andern Typen aufgetan. Bin gleich bei 300 eingestiegen, das gleicht diesen Schlappschwanz Ronnie wieder aus.

13. Juni

Ich glaube, Peter hat was gemerkt. Er hat mich nämlich zufällig mit Mike (so heißt mein neuer Freund) gesehen. Und dann hat er mich in der Küche abgefangen und »zur Rede gestellt«, der Typ sehe aus wie ein Zuhälter, und ich würde es wie eine Nutte treiben. Das wurde mir denn doch zu bunt! Bin ich ihm vielleicht Rechenschaft schuldig? Der soll man schön die Klappe halten und sich um seine eigenen Angelegenheiten kümmern. Überhaupt ist er doch bloß neidisch. Das habe ich ihm auf den Kopf zugesagt. Und da war er still.

Das Ganze hat auch eine nette Seite. Ich glaube, ich bin ihm eben doch noch nicht ganz egal.

15. Juni, frühmorgens, halb vier

Komme gerade nach Hause. Bin ich eine Hure? Nein.

Eine Hure macht es mit jedem, egal, wie sehr sie sich ekelt. Ich nehme das Geld ja nur bei denen, mit denen ich sowieso vö—— wollte. Das ist eben der Unterschied.

Sozusagen das doppelte Vergnügen. Und mit dem bißchen Sozialhilfe komme ich schließlich nicht weiter. Außerdem muß ich als Schauspielerin Erfahrungen sammeln. (Ich wünschte, ich würde mal einem ganz Perversen begegnen.)

Und das ist sie dann schlußendlich ... Das würde wohl jeder denken, der dieses Tagebuch las. Ich würde es unbedingt der Polizei zukommen lassen müssen, soviel stand schon jetzt fest. Denen durfte natürlich kein Verdachtsmoment vorenthalten werden.

Was ich aber nach wie vor nicht verstehen kann, ist, daß sie ihren Peter dann nicht doch geheiratet hat. Denn er wollte es schon bald, wie Sie noch hören werden. Sie hätte noch eine Chance gehabt, da rauszukommen. Aber so weit sind wir ja noch nicht, Entschuldigung.

Marthe schaltete ab, es reichte ihr fürs erste. Lange Zeit hatte sie Mitleid mit der jungen Frau gehabt, aber jetzt war, wie so oft bei solchen Geschichten, der Punkt gekommen, wo sie sich selbst vor dem dummen »Geschieht-ihr-recht« hüten mußte. Oft verstand sie die Frauen einfach nicht. Eine ungünstige Ausgangslage für eine Schriftstellerin. Neulich zum Beispiel hatte ein Leserinnenbrief in der Gewerkschaftszeitung, »aufgrund möglicher Folgen leider noch anonym« abgedruckt, ihr das ganze Dilemma mal wieder so richtig vor Augen geführt. Eine Autorin hatte in der Zeitung bekannt, gerade weil sie nicht länger gewillt sei, sich geistig zu »prostituieren«, gleichzeitig aber keine Lust verspüre, deswegen als eine von vielen schreibenden Frauen ein finanziell randständiges Dasein zu fristen, verdiene sie sich ihren Lebensunterhalt seit einiger Zeit zusätzlich durch Hurenarbeit. »Wie übrigens viele Kolleginnen, nur gibt's eben selten eine öffentlich zu« – Einige Formulierungen waren Marthe im Gedächtnis haften geblieben: »Mit Selbstbewußtsein erfüllen viele von uns diese soziale Aufgabe.«

... diese *schöne* soziale Aufgabe, hatte sie beim Lesen spöttisch gelacht. Nein danke, da blieb sie lieber bei ihren Fernsehkrimis.

Ich bin doch eigentlich sehr solide, dachte Marthe. Erstaunlich. Wenn das meine Mutter wüßte!

Marthe griff zum Telefon und wählte die Nummer ihres Verehrers. Sie jedenfalls zahlte ihre Telefonrechnung selbst, weder einen Ronnie brauchte sie noch ein Wülfilein.

Der Verehrer war nicht zu Hause? Auch das war in Ordnung. Nicht in Ordnung jedoch fand sie die andauernden Verletzungen des weibliches Ehrgefühls, noch dazu, wenn gewisse Grenzen, die zum Zwecke der Zivilisation von den Frauen zu setzen waren, von ihnen selbst übertreten wurden. Wobei die Kränkung, die sie ganz persönlich und durchaus schmerzlich bei der Vorstellung einer hurenden Schriftstellerin empfand, weitaus größer zu sein schien als die, die eine kleine Carmen Kaempfe ihr je zufügen konnte. Sollte eine hurende Allerwelts-Mutter tatsächlich besser in ihr Weltbild passen?

6. Juli

Heute ist Engelke schon ein Jahr alt. Sie kann prima laufen, wie eine kleine Weltmeisterin. Stehen ja sowieso schon lange, bestimmt schon seit zwei Monaten. Vielleicht müßte ich über sie mehr Tagebuch führen, alle sagen immer:

»Schreib bloß alles auf, man vergißt es so schnell!«

Aber man kommt ja zu nix. Und ich werde sowieso nichts vergessen, so süß ist sie. Meistens jedenfalls und besonders, wenn sie bei Peter auf dem Schoß sitzt. Sie ist ihrem Papa ja schon sehr zugetan.

Abends

Wir haben tatsächlich zusammen gefeiert, alle drei, also ich und Engelke und Peter, waren im Schwimmbad am Stadtparksee. Engelke thronte wie eine kleine Prinzessin auf der Wiese und stopfte sich mit Schokolade voll. Scharf!

Und auf dem Nachhauseweg haben wir sie zwischen uns an den Händen gehalten und sie »eins-zwei-drei-huiii« hochfliegen lassen. Ach, Engelchen, Engelchen, flieg!

Peter sehr lieb. (Geil?)

7. Juli

Mein Verdacht hat nicht getrogen. Mit Männern kenne ich mich eben aus. Und zwar zunehmend besser. Gestern abend hat Peter doch tatsächlich zu mir herüber gemacht, wollte mit mir bum—

Sie wissen schon, was hier steht. Ich mag diese Sprache einfach nicht. Habe ich meinem Sohn immer verboten. Nicht in meiner Gegenwart, sagte ich nur, das reichte! Also:

... bum—. Ich sage: »Das hättste dir eher überlegen können. Einmal hü und einmal hott, aber nicht mit mir.«

Er denn: »Ich zahl dir auch was. Hier, alles für dich.«

Tatsächlich, der wollte sich nicht lumpen lassen, der Blödian. Was ich, als er reinkam, für einen Steifen gehalten hatte, war nämlich in Wirklichkeit ein Bündel Geldscheine, die er aus seiner Hosentasche zog, und dann wedelte er damit vor meiner Nase herum. Aber da hatte er sich verrechnet!

Ich also: »Ich werd dir was. Behalt deinen Dreck für dich! Da hast du deine Streicheleinheiten!«

Und dann habe ich ihm eine geknallt, aber saftig. Was bildet der sich eigentlich ein?

Nachtrag

Ich bin noch ganz erregt von vorhin. Also im Sinn von total aufgeregt. Ich nehm zwar Geld dafür, aber ich mach's nicht für Geld. So ist das.

8. Juli

Ob Peter heimlich in meinem Tagebuch geschnüffelt hat? Denn woher sollte er sonst wissen ...? So, du Dreckskerl, ich werd dir zeigen, was ich von Typen wie dir halte. So klein mit Hut bist du für mich:

– daneben die Zeichnung eines Mini-Strichmännchens, etwa von der Größe eines Silberfischchens.

Hast du das kapiert?

Zur Vorsicht werde ich mein Buch doch lieber besser verstecken. Aber wo? Nicht das geringste Intimleben habe ich hier. Auf Dauer ist diese Dreierkiste wirklich kein Zustand.

10. Juli

Ronnie hat sich abgesetzt. Irgendwie muß er rausgekriegt haben, daß Engelke doch mein Kind ist. Ob Peter ihm was geflüstert hat? Der Schuft. Das heißt, alle beide sind sie Schufte. Oder sagt man Schüfte?

Aber mir bleiben ja noch Mike und Freddy.

11. Juli

Habe ich schon geschrieben, daß Freddy mit Engelke und mir in Urlaub fahren will? Yippie! 2 Wochen Mallorca, und alles ganz umsonst. Ich soll nur brav in der Sonne liegen und braun werden, hat er gesagt. (Für ihn ...) Ursprünglich hatte er die Reise für sich und seine Alte gebucht, aber die ist kurzfristig lesbisch geworden, und nun bin ich sein großer Trost. Mir doch egal, was ich bin, Hauptsache Urlaub.

Mit Peter ist es krampfig zur Zeit. Ständig lauert er mir auf, mir fallen gar nicht so viele Verpiß dich's! ein, wie ich ausdrücken möchte.

2. August

Der Traum ist wahr geworden und nun leider schon wieder zu Ende. Gerade komme ich aus Mallorca zurück. Das heißt, wir. Ich vergesse immer die Kleine, aber das meine ich natürlich nicht so.

Wo soll ich anfangen zu erzählen? Es tut mir leid, liebes Tagebuch, daß ich Dich nicht mitgenommen hatte, aber Vorsicht ist die Mutter der Porzellankiste. Nach allem, was mit Peter war, hätte ich nicht gewollt, daß Freddy irgend etwas in die Hände fällt. Mit Männern kann man ja nicht vorsichtig genug sein! Und Vorsicht hatte ich weiß Gott nötig in Paguera. Aber Du hast mir echt gefehlt. Ich habe mich nämlich verliebt, o Gott, ich spür's jetzt noch. Diese Hitze! Dieses Herzklopfen! Und dieses Fliegen. Diese Farben! Ja, die Liebe hat bunte Finger! Er heißt José, stell Dir vor, liebes Tagebuch, ein waschechter Spanier! Was das heißt, brauche ich wohl nicht weiter zu erklären.

Zum Glück hatte Freddy einen ziemlichen Hänger wegen seiner Alten, hing buchstäblich in den Bars herum (wie die in Mallorca alle heißen! *Bei Meiers!! Zur gemütlichen Ecke!!!*) und ließ sich abfüllen. Viel war bei der Hitze ja nicht nötig. Von Zeit zu Zeit habe ich ihn denn abgeholt und ins Hotel zurückgebracht und ins Bett verfrachtet. Und natürlich 1A getröstet. Der hat gar nicht gerafft, was da in Wirklichkeit hinter seinem Rücken ablief. Und Engelke konnte ich immer schön am Strand bei so einer spießigen family lassen, hat ihr aber gefallen. Ist ja noch klein.

José habe ich übrigens gesagt, Freddy sei mein Bruder und habe seine Frau bei einem Autounfall verloren. Diese Spanier glauben auch alles, wenn's nur ein bißchen dramatisch klingt.

Also himmlisch war's, auf der ganzen Linie.

P.S. Wir haben Adressen getauscht. José will mich besuchen kommen. Ob er mich wohl auch nicht vergißt?

3. August

Was hier in Hamburg läuft, ist jedoch auch nicht von schlechten Eltern. Aber hallo! Soo langweilig sind wir hier oben gar nicht, bitte sehr. Peter begrüßte mich gestern abend mit einer Flasche Mariacron und mit dem Vorschlag, wir sollten heiraten. Tatsächlich! Ich dachte, mein Pferd pfeift. Oder wie das heißt. Na, wir haben uns die Flasche dann zusammen reingepfiffen und geklönt, beinahe wie in alten Zeiten. Wenn nur das mit dem Heiraten nicht wäre. Ausgerechnet jetzt, wo José und ich uns lieben! Peters Tussi (wie hieß sie doch gleich?) scheint sich abgesetzt zu haben. Macht jetzt woanders ihre Turnübungen. Er hat sie mit keiner Silbe erwähnt. Ihre Frühstückstasse fehlt. Prima!

Ich weiß nicht, was ich davon halten soll.

Ich überspring' jetzt mal ein bißchen. In der folgenden Zeit wird's mir einfach zu bunt. 1982 war ja ein heißer Sommer, vielleicht erinnern Sie sich daran? Da müssen dann wohl die Hormone bei diesem jungen Gemüse ein bißchen verrückt gespielt haben.

Also glühende Liebesbriefe von José (leider auf englisch, versteh' ich zu wenig von). Heiratsanträge von Peter. Reichlich Geld (»Kohle«) von Mike. Verzweifelte Hilferufe von Freddy.

Sogar Blumen von José, überbracht von einem älteren Herrn direkt aus Mallorca, dieser José hatte ihn wohl einfach am Flughafen angesprochen. Wie romantisch. Und für Engelchen eine Schachtel Löffelbiscuits, nett!

Und dann nächtliche Anrufe von dem älteren Herrn. Drohungen von Peter. Zufälliges Wiedersehen mit einem Schulkameraden, einem Türken, der Name ist unleserlich und vor allem unaussprechlich. Der weigerte sich, ihr Geld zu geben, wenigstens einer, der Anstand im Leibe hatte.

Jobben in einer Eisdiele bis Ende September. Schwarz, natürlich. Und Engelchen immer dabei. Die hat sie einfach von morgens bis abends mit Eis vollgestopft, und das nannte sie dann Mutterliebe!

Und plötzlich – aus heiterem Himmel, wie mir scheint, das ist eben der Nachteil bei so einem Tagebuch, daß ja nicht alles drin steht – im Oktober völlig überraschend das Angebot von diesem Mike, daß er ihr eine Wohnung anmieten wolle. Damit sie mal zum Verschnaufen komme. Wie selbstlos! Er könne das mit ihr und Peter nicht mehr länger mit ansehen. Und bei ihm um die Ecke sei gerade »'ne Oma abgekratzt«, so steht es da. Damit war Frau Süskind gemeint, die Arme, ich mußte es zweimal lesen, bis ich es begriff. Das heißt, dieser Mike muß hier irgendwo in der Nähe wohnen oder gewohnt haben. Nur, in welcher Richtung? Wahrscheinlich kenne ich ihn vom Sehen!

Daß die Wohnung nicht auf ihren eigenen Namen angemietet worden war, das hatte ich gar nicht gewußt. Aber so kam es denn, daß Carmen Kaempfe zum 1. November 1982 in dieses Unglückshaus zog und in diese Unglückswohnung. Wo sie binnen Jahresfrist ihr Ende finden würde.

4. Kassette

2. November 1982

Endlich eine Wohnung ganz für mich allein! Also für Engelke und mich allein. Zwar bin ich jetzt Mike zu Dank verpflichtet. Aber zuletzt war es mit Peter nicht mehr auszuhalten. Irgendwie schien der Typ zu denken, daß er ein Recht auf mich hätte. Bloß weil er der Vater meines Kindes ist. Hoffentlich denkt Mike jetzt nicht auch, daß er irgendwelche Ansprüche anmelden kann. Also meine Freiheit, die laß ich mir trotzdem nicht nehmen. Er zahlt die Miete, in Ordnung, aber mehr auch nicht.

Ich mag Peter immer noch gern, das spür ich irgendwie schon, aber so, wie er sich das vorstellt, geht es eben nicht. Dafür ist doch zuviel passiert. Ich habe auch meinen Stolz. Vielleicht aber ermöglicht die räumliche Trennung, daß wir noch mal anders wieder zueinander finden? Ganz von vorn anfangen, wär das schön. Hach, bin ich vernünftig geworden! Manchmal habe ich richtig Respekt vor mir selbst.

Eigentlich müßte ich jetzt meine Siebensachen auspacken und alles einräumen, aber das kann ruhig warten. Das Haus macht so einen Eindruck, als würden nachts Heinzelmännchen darin ein und aus gehen. So blank gebohnert ist alles, total brav sieht es aus. Was andere Leute so für heimelig halten. Und der Tante, die mir vorhin im Treppenhaus auflauerte, würde ich auch glatt zutrauen, daß sie den Heinzelmännchen nachspioniert und heimlich Erbsen auf die Treppen streut. So komme ich unter die Spießer ... Diese ganze Jarrestadt, wie das Viertel hier zwischen Barmbeker Straße und Wiesendamm auf der einen Seite und Jarrestraße und Goldbekufer auf der anderen Seite heißt, diese ganze Jarrestadt sieht so aus, als könnte hier überhaupt nie eine andere Jahreszeit herrschen als Herbst. Rote Backsteinbauten und weiße Fensterrahmen (»echt hamburgische Sprossenfenster!«, sagte Mike), aber trotzdem alles grau in grau. Das kommt auch daher, daß hier so viele alte Leute rumlaufen. Schrecklich, lauter Rentner und Scheintote wohnen hier, und der Wind weht so ums Haus, daß man nur in der Küche sitzen und Grog trinken kann.

Ich hol mir mal schnell einen Schluck.

So, da bin ich wieder. Komisch, ich bin gar nicht mehr daran gewöhnt, so allein in einer Wohnung zu hocken. (Mein Prinzeßchen schläft, habe sie gerade noch mal zugedeckt.) Ich hab mich doch nicht etwa an Peter gewöhnt?

Irgendwie stinkt's in dieser Wohnung, ich kann mir nicht helfen. Nach Müll. Besonders in der Gegend, wo Engelkes Gitterbettchen steht. Es scheint, als ob die Dielen selbst den Gestank ausdünsten.

Peter hat sich noch nicht gemeldet.

Remember remember the fifth of November.

Heute wurde endlich das Telefon installiert. Bislang war ich von der Außenwelt ja total abgeschnitten.

Angerufen hat noch keiner.

Im Treppenhaus begegnete mir heute morgen ein Pärchen, die sahen ganz passabel aus. Nicht mehr ganz jung, sicher schon über dreißig, aber flotte Lederklamotten. Scheinen unter mir zu wohnen. Sie haben sich gerade einen neuen Hund gekauft, so eine richtige Promenadenmischung. Er solle Struppi heißen wie sein Vorgänger, sagte der Mann, und dann kicherte er, daß der Hund eine Art Kinderersatz sei. Vielleicht kann ich mich mit der Frau ein bißchen anfreunden? Manchmal fehlt mir eine Freundin in der Nähe. So eine richtige Busenfreundin, mit der man alles bequatschen kann. Tiffy hat einfach zu selten Zeit.

6. November

Bin nachts kaum zum Schlafen gekommen, der Köter hat die ganze Nacht gewinselt. Muß sich wohl erst noch eingewöhnen. Also Hunde sind, scheint's, auch nicht pflegeleichter als Kinder.

11. November

Schöne Schnapszahl, da darf ich mir wohl einen genehmigen. Wie sagt man so schön, zur Brust heben? Ich wünschte, José oder sonst jemand wäre jetzt hier.

12. November

Habe eben zum dritten Mal heute Staub gesaugt. Das Kind bringt mich noch um! Sie hat jetzt so eine Tour, wo sie immer alles runterschmeißt oder aus dem Gitterbettchen, das ich ja auch als Laufstall benutze, rauswirft, und ich darf's dann aufheben, bitte schön. Wie so'n bekloppter Hund apportieren. Aber nicht nur einmal, nein, zwanzigmal, was sag ich, hundertmal. Also hier bin jedenfalls ich der Hundeersatz. Und dann diese ewige Krümelei beim Essen! Das nervt total.

Es müsse bestimmt wunderbar praktisch sein, ein Baby im Haus zu haben, meinte Mike mal, als wir uns kennenlernten. Er habe sich das immer schon gewünscht. Dann müsse der Fußboden doch immer sauber sein, weil Babys alles vom Boden aufklauben und in den Mund stecken würden!

Ha, der Scherzkeks! Das Gegenteil ist natürlich der Fall. Und leider taugt der Sch—staubsauger gar nichts. Hat Peter mir mal vom Sperrmüll mitgebracht. Er saugt nichts mehr in sich rein, rollt nur noch die Staubflocken zu so kringeligen Staubwürsten zusammen. Die habe ich einfach vom Boden aufgesammelt und aus dem Fenster geworfen. Ich sah ihnen nach, wie sie im Wind davontanzten, es sah schön aus, fast als ob es schneite.

Nein, wenn ich ehrlich bin, muß ich die letzten Worte der vorigen Eintragung durchstreichen und ändern. Also:

Ich sah ihnen nach, wie sie sich im Wind davonmachten. Aus dem Staub machten, haha.

Welches Datum haben wir heute? Egal. In dieser Hölderlinsallee herrscht immer und ewig Buß- und Bettag. Ob es doch ein Fehler war, in diese Gegend zu ziehen? Ich merke, daß ich hier total ab vom Schuß wohne. Da kommt keiner mal auf die Schnelle, auch unangemeldet, vorbei. Nur Mike, aber der reicht nicht.

Immerhin ist die Kampnagelfabrik gleich um die

Ecke. So ein Theater zieht natürlich jede Menge interessante Leute an. Ganz bekannte Typen stehen plötzlich bei Penny in der Fleischabteilung neben dir! Du siehst das Gesicht und denkst, den kenne ich doch vom Fernsehen! Ich muß es irgendwie schaffen, da Zugang zu finden. Wie stell ich es nur an, daß mich endlich jemand entdeckt?

Ein Baby ist schon ein Handicap dabei. Andererseits kann Engelke ja nichts dafür. Das muß ich mir immer wieder sagen.

Heute war ich beim Sozialamt, um den Kleiderzuschuß für Engelke durchzukriegen. Sie geben nur entweder für eine Winterjacke Geld oder für einen Schneeanzug. Aber sie braucht doch beides! Was stellen die sich eigentlich vor? Was soll sie denn anziehen, wenn die Jacke in der Wäsche ist? Und das ist sie doch eigentlich ständig!

Ich muß mich unbedingt wieder nach einem neuen Sponsor umsehen. Seit Mike die Wohnung zahlt, ist er knauserig geworden, der Lump, aber das war ja vorauszusehen.

29. November

Der Hund hat wieder die ganze Nacht gejault. Das ist doch nicht normal? Ich bin noch nicht dazu gekommen, die Frau mal anzusprechen. Irgendwie geht die Zeit so schnell vorbei, und ich kann mich zu nichts aufraffen.

Immer noch keine Nachricht von Peter.

Advent, Advent, ein Lichtlein brennt . . .

Jetzt bin ich also schon einen Monat in dieser Wohnung. Ich habe immer gedacht, wenn ich erst mal bei Peter raus wäre, würde alles ganz anders werden. Und nun? Mensch, das Leben geht so dahin ... Ich habe echt einen Moralischen zur Zeit, ist ja nicht mehr feierlich. Wenn nur erst Weihnachten und das ganze ätzende Gerede von der Heiligen family und so vorbei wäre. Jedes Jahr wird einem was vorgegaukelt, und was passiert? Nix, gar nix, das ist's, was passiert!

Immerhin weht in Hamburg immer eine frische Brise, so daß man sich jederzeit vorstellen kann, daß dort, wo der Himmel aufhört, ungefähr dort, bis wohin man gucken kann, das Meer anfängt. Gleich hinter den Häusern eigentlich. Und ich habe so eine Ahnung, daß mir noch einmal was Besonderes passieren wird. Was ganz Besonderes! Also Kopf hoch, Carmen!

7. Dezember

Eben sah ich den Mann von unten mit Struppi auf dem Arm vor mir die Treppe hoch steigen. Der Hund hatte einen schrecklich blutigen Verband um den Kopf.

»Was fehlt ihm denn«, frage ich so ganz arglos, und krieg zur Antwort: »Das linke Ohr.«

Ich: »Wie ist denn das passiert?« Er: »Das habe ich abgebissen.«

Und dann lachte er so merkwürdig, also manche Leute haben vielleicht einen urigen Humor!

25. Dezember (Erster Weihnachtstag, o du ledige ...)

Vor Weihnachten ist mir noch was Merkwürdiges

passiert. Ich bin – zugegeben, mal wieder auf den letzten Drücker – mit Engelke zu Toom im Krohnskamp hin, von wegen Großeinkauf für die Feiertage und so, und am Eingang – schon im Supermarkt, da wo man immer die Taschen zur Aufbewahrung abgeben muß und die Kinderkarren abstellt und wo die Einkaufswagen stehen – da stand ein Kinderwagen geparkt. Ich denke, ich will der Lütten mal eben zeigen, was ein Baby ist, sie selbst ist ja nun eigentlich keins mehr. Und ich hebe sie also hoch und guck mit ihr neugierig ins Innere des Kinderwagens. Doch was sehen wir unter lauter Deckchen und Spitzen liegen? Von wegen Baby. Nix Christkind! Eine Puppe lag da bloß!

So ein Schreck! Ich habe am ganzen Körper gezittert. Beinahe hätte ich Engelke fallen lassen. Mein Gedanke war doch sofort: Bombenalarm! Die Frage war nur, ob ich so schnell wie möglich mit Engelke abhauen sollte, oder ob ich etwa verpflichtet war, erst die Leute im Supermarkt zu retten und meinen Fund zu melden. Ich muß sagen, ich staune über mich selbst. Jedenfalls bin ich, vielleicht weil Weihnachten ist, gleich zur nächsten Kasse und habe die Frau am Arm geschüttelt:

»Schnell! Alarmieren Sie die Geschäftsleitung, lassen Sie ’ne Lautsprecherdurchsage machen, da, in dem Kinderwagen liegt nur ’ne Babyattrappe! Da geht gleich ’ne Bombe hoch!«

Also alles gleichzeitig. Ich war echt gut drauf. Und was denkst Du, liebes Tagebuch, was dann passierte?

Darauf kommst du nicht: Die haben bloß gelacht. So wie ich vor Furcht zitterte, so hat’s die vor Heiterkeit geschüttelt. Das mit der Puppe wüßten sie schon, das sei eine Spinnerin, die kaufe öfters hier ein. Eine Verrückte mit einem unerfüllten Kinderwunsch, stell dir so was vor! So was soll's geben. Na, der könnte ich meins doch mal ausleihen.

Für den Rest des Abends hatte ich dann sozusagen selbst eine Bombenstimmung, da half auch Peters Liebesbrief nix mehr.

(Er fragt, ob wir zusammen Silvester feiern wollen. Mal sehen.)

1. Januar 1983

Silvester ist nun auch gelaufen, war schon ganz o.k. Na ja. Ich war wieder mit Engelke allein zu Hause. Ich dachte immer, vielleicht meldet sich Peter noch, das hatte er doch in seinem Brief angekündigt, aber der hatte wohl was Besseres vor, dieser – mir fällt kein Wort mehr für ihn ein. Ach, es ist alles so vergeblich!

Aber um Mitternacht, als die Kleine endlich schlief, bin ich einfach aufs Dach hochgeklettert, das geht nämlich ganz easy vom Abstellboden aus. Da ist eine Luke mit einer Leiter, die war mir schon beim Einzug aufgefallen, als ich meine Kisten auf den Speicher stellte. Ist auch der Fluchtweg, falls es mal brennen sollte. Da stehen übrigens noch ein paar Sachen von der Vormieterin rum, ob ich die aufbewahren muß?

Echt schönes Feuerwerk über Hamburg! Die beiden Typen von nebenan waren auch da, standen engumschlungen im Nieselregen an den Schornstein gelehnt. Erst dachte ich, ich störe sie, aber dann haben sie mir sogar einen Sekt spendiert. Ich glaube übrigens, das war echter Schampus. Der prickelte so die Kehle runter, das gab ein Gefühl wie Seide. Was muß unsereins dagegen immer schlucken!

Die sind ja gottesmäßig schwul, die beiden. Schade! Aber sonst ganz nett. Wir haben verabredet, daß wir's im neuen Jahr mit dem Treppeputzen weiterhin nicht so ganz genau nehmen wollen. Unten im Haus wird deswegen ja ein regelrechter Terror ausgeübt. Da haben wir hier oben einen Vorteil, der gleicht das Treppensteigen wieder aus. Bin ich froh, daß die beiden neben mir wohnen und nicht eins von den alten Weibsen!

Später lag ich lange wach und konnte nicht einschlafen. Wieder der Hund! Was das neue Jahr wohl bringen wird?

6. Januar

Ätzende Langeweile. Ich hänge so rum. Mike im Skiurlaub. Freddy hat sich auf seiner Silvesterfete beim Griechen verliebt. Bin ich froh, daß ich da nicht dabei war. Das mit anzusehen, hätte mir nun gerade noch gefehlt. Keine weiteren Nachrichten von Interesse.

7. Januar

Dem Hund fehlt jetzt auch das rechte Ohr. Komisch.

8. Januar

Heute sprach mich die Alte aus der Parterrewohnung mal wieder an. Sie hat ja schon ein paarmal angeboten, auf Engelchen aufzupassen. Regelrecht aufgedrängt hat sie ihre Hilfe, aber aus irgendeinem Grund hab ich's nicht auf der Reihe gehabt. War zu sehr mit mir selbst beschäftigt. Oder vielleicht bin ich auf ihr Angebot auch nicht eingegangen, weil sie so eine Art hat, sich an einen ranzuschmeißen. Schnürt einem irgendwie die Luft ab. Aber: Sie paßt auf einem Spielplatz hier in der Nähe auf Kleinkinder auf. Da sei Engelke im Frühjahr auch alt genug für, sagt sie, und herzlich willkommen sei sie und so weiter und so fort.

Also gut wäre es ja. Jeden Morgen vier Stunden solo. Was könnte ich da alles machen! Ich muß fast heulen, wenn ich weiter drüber nachdenke.

Später am Tag

Eben klingelte Frau Reinhardt, so heißt die Olle von unten, noch mal bei mir an. Sie lud Engelke für heute abend zu einer Schnullerparty ein. Hat man so was schon gehört? Drei andere Blagen habe sie noch dabei, die könnten alle bei ihr pennen, sie habe Reise- und Klappbettchen und Kissen genug. Damit die Eltern mal zu sich kämen ... Großes Augenzwinkern. Und dann neugierig:

»Es gibt doch sicher irgendwo auch einen Vater für das Kind?«

Das mußte ja kommen. Aber aus mir kriegt die nix raus, und wenn sie mich auf den Kopf stellt und schüttelt.

Trotzdem, Schnullerparty klingt gut. Ich will die Gelegenheit nutzen und mir mal das Mumbo Jumbo in der Marktstraße angucken, davon redet alle Welt. Nur ich bin die Doofe, die hier hinterm Mond leben muß.

9. Januar

Wow, jede Menge Schwarze! Super. Ich muß sagen, durch José bin ich auf den Geschmack gekommen. Muß ja nicht immer blond und langweilig sein. Also das dürfte nicht das letzte Mal gewesen sein, daß ich im Mumbo Jumbo war – Engelke scheint ihre Schnullerparty auch genossen zu haben, ich kriegte sie heute morgen nur mit Mühe bei Frau Reinhardt weg.

25. Januar

Engelke will dauernd nach unten. Komme ich mit ihr nach Hause, will sie nicht die Treppe hoch, sondern läuft zu Frau Reinhardts Tür und kratzt daran. Einerseits ist es ja praktisch für mich. Die behält sie stundenlang bei sich. Aber denn will sie mir andauernd was erklären, was ich alles anders machen müßte und so. Total nervig.

Habe seit Weihnachten nix von Peter gehört. Auch kein Geld gesehen. Dem ist doch nicht etwa was passiert? Anrufen tue ich ihn aber nicht. Die Gefahr ist zu groß, daß ihm gar nix passiert ist. Er soll nicht denken, daß ich ihm nachrenne.

26. Januar

Nachdem der Hund wieder die ganze Nacht geheult hat, bin ich heute unter einem Vorwand runter (Tasse Mehl leihen). Und was sehe ich? Er hat keinen

Schwanz mehr. Ich habe mich nicht getraut zu fragen, was los war, obwohl ich mir's fest vorgenommen hatte.

1. März

Leute, es tut sich was! Im Wochenanzeiger steht, sie suchen Kartenabreißerinnen für ein Gastspiel auf Kampnagel. Und was wird gespielt? Carmen!!! Wenn das kein gutes Omen ist. Ich lauf sofort hin. Bitte bitte, liebes Tagebuch, drück mir die Daumen, daß es klappt!

10. März

Ich kam nicht eher dazu, es mitzuteilen. Ja, tatsächlich, ich bin engagiert. Vom 25. März bis zum 9. April. Erst schien es so, als hätten sie schon genug Leute zusammen, aber ich habe es dringlich gemacht und mich einfach nicht abschütteln lassen. Besonders dem Argument, daß ich schließlich selbst Carmen heißen würde, konnten sie nichts entgegenhalten. Vielleicht ist auch wer abgesprungen. Egal, ein Anfang ist gemacht. Eigentlich will ich ja zum Fernsehen. Aber viele fangen erst mal beim Theater an.

Die Vorstellungen sind natürlich abends. Mal sehen, wie ich das mit Engelke regle. Immer die Hexe von unten fragen will ich nicht. Werd sie wohl allein lassen müssen. Aber sie kann sich ja schon ganz gut selbst beschäftigen, dann kriegt sie eben ihre Spieluhr und eine Tüte Salzstangen und was sie sonst so will mit ins Bett. Und wenn sie schreit, schreit sie eben, meist schläft sie ja schnell drüber ein.

Morgens geht sie jetzt auf diesen Kleinkinderspielplatz, hat sich prima eingelebt.

25. März

Heute war Premiere! Eben komme ich nach Hause. Zum Glück dauerte die Aufführung nur ganz kurz. (Komisch, ich dachte immer, Opern seien so endlos lang???)

Von der Seite konnte ich mir alles ansehen. Da hockte diese Carmen in Sack und Asche auf der Bühne und trällerte ein bißchen vor sich hin, also, das hatte ich mir irgendwie ganz anders vorgestellt. Bißchen mit der Hüfte hätte sie ruhig wackeln können, finde ich. Die wirkte so doch total unsinnlich! Unglaubwürdig! Und dafür kommen nun die Leute extra aus Mailand oder Zürich angereist. (Da parkten Autos in der Jarrestraße, richtige Straßenkreuzer, so was hat das Viertel hier garantiert noch nicht gesehen!)

Ich dagegen hatte mich ziemlich in Schale geworfen, und das sollte sich als richtig erweisen. Gleich hat mich nämlich ein Typ angequatscht und wollte meine Telefonnummer haben. Ein echter Musikkritiker! (Zwar kann ich ja nicht singen, aber schaden kann so eine Bekanntschaft wohl nicht.)

26. März

Jürgen (der Musikkritiker) hat sich schon gemeldet. Er holt mich heute abend nach der Vorstellung ab. Für alle Fälle werde ich Engelke zu Frau Reinhardt abschieben, da ist mal wieder eine Schnullerparty fällig.

27. März

Endlich ist wieder was los! Der Winter ist vorbei. Gestern abend schickes Essen mit Jürgen. Also feinere

Kost als die ewige Pferdewurst aus der Kneipe am Wiesendamm. Er war echt elegant. (Ich selbst habe mir aber auch verdammt Mühe gegeben.) Und witzig war er! Das sei eine Carmen für die Armen, sagte er über die Aufführung. Daß ich den Hüftschwung vermißte, hat ihn begeistert. Ich hätte einen natürlichen Kunstverstand! Als ich sagte, daß ich Schauspielerin werden wolle, hat er genickt. Vielleicht könne er was für mich tun ...

Hinterher waren wir noch bei ihm, er hat mir aber nur auf dem Klavier vorgespielt. Kein Versuch zu —. Er ist eben schon ein bißchen älter, solche Herren haben noch romantische Vorstellungen.

29. März

Jürgen. Wieder Klavier gespielt und ansonsten tote Hose. Er ist doch nicht etwa andersrum?

April April!!!

Nicht anders und nicht impotent. Nur pervers. Er hat gefragt, ob er mich fesseln dürfe. Ich habe um Bedenkzeit gebeten. Da werde ich doch wohl im Preis ein bißchen hochgehen müssen, oder?

9. April

Letzte Carmen-Aufführung. Als Abreißerin brauchen sie mich leider nicht mehr. Aber im Café wird eine Aushilfe für 2 x wöchentlich gesucht. Ich habe zugesagt. (Lieber aufreißen als abreißen, haha.)

10. April

Jürgen. Oh hauehaueha! Was den Leuten so alles einfällt! (500 Mark)

11. April

Endlich mal wieder ein Abend ruhig zu Hause. Braucht man auch gelegentlich. Die Kleine weiß ja schon gar nicht mehr, wie ich aussehe.

Später

Hat sich was mit Ruhe. Dieser Struppi ... Ob ich die Polizei rufen soll? Warum hört denn sonst niemand was? Sind die alle schwerhörig hier oder was?

Frau Kattenstroth aus der 2. ist es wohl wirklich. Und neben dem Pärchen wohnt Herr Martens, der ist zur Zeit auf See. Den habe ich nur zu Weihnachten mal kurz gesehen, sonst scheint seine Wohnung den größten Teil des Jahres über leer zu stehen. Ich glaube, hier könnte glatt jemand abgemurkst werden, und niemand würde es hören. (Aber ob die Treppe sauber ist, darauf wird geachtet.)

Prösterchen, liebes Tagebuch ...

Eben ging mir was Irres durch den Kopf. Die Türken (2. Stock links) sind die einzigen ordnungsgemäß verheirateten Leute hier im Haus! Alles andere: der reine Abschaum! 1 Single (der Seemann), 1 ledige Mutter (ich), Schwule (Petermanns) und vor allem jede Menge Bratkartoffelverhältnisse (Reinhardt/Brinkmann, dann Stammann/Behrens im ersten und Kattenstroth/Haubold im zweiten Stock). Die sind alle verwitwet und leben wegen der Rentenzahlungen in wilder Ehe zusammen, wie mir Frau Reinhardt erklärte. Das heißt, Frau Behrens ist ja nun allein, seit sich ihr Schwager in die Meerweinstraße abgesetzt hat. Das ist eine dolle Geschichte, ich weiß sie auch von der ollen Reinhardt.

Also Stammännchen (kleiner dicker Schauermann) war erst mit der Schwester von der Behrens verheiratet. Die ist aber vor ein paar Jahren an Krebs gestorben, und er hat damals das Geld für die Medizin versoffen. Dann, am Tage der Beerdigung seiner Frau, ist er mit deren Schwester nach Hause gekommen. Die zog einfach hier ein, ihre eigene Wohnung hat sie aufgegeben und bei der Gelegenheit ihr gesamtes Mobiliar verschenkt. Was die Weiber nicht alles machen, wenn sie endlich noch einen Mann abkriegen können!

Aber dann, Weihnachten vor einem Jahr, folgte die Ernüchterung. Paar Tage vor dem Fest klingelt bei der Behrens das Telefon, und eine Frau ist dran und fragt, ob sie mal ins »Rosa« kommen könne. Das ist so ein Säuferloch Ecke Großheide- und Jarrestraße. Die Behrens hat die Frau aber zu sich in die Wohnung bestellt. Und dann sitzt also die andere bei ihr auf dem Sofa und sagt:

»Stammännchen und ich, wir lieben uns, und morgen ist die Hochzeit.« Die Behrens darauf zu ihrem Schwager: »Stimmt das etwa?« Und der nickt bloß.

Dabei hatte er die ganze Zeit über noch mit ihr Pläne für Weihnachten gemacht, den Braten besprochen und so. Also Feiglinge gibt's ... Na, und das Schöne war noch, daß die andere erzählt, sie sei eine Sinti, und Frau Behrens sagt:

»Moment mal, das sind doch Zigeuner, haben Sie denn etwa auch ein Messer bei sich?« Darauf die andere: »Das habe ich nicht nötig, ich hab' doch meine Fäuste!« Und Stammännchen nickt dazu.

Dann ist er also umgezogen zu seiner neuen Freundin, die wohnt gleich um die Ecke, in der Meerweinstraße. Und da die Möbel ja alle ihm gehörten, hat er die Wohnung gründlich ausgeräumt. Als sie das Bett davonschleppten, hat die Behrens wohl geheult:

»Wo soll ich denn jetzt schlafen?« Und er: »Roll dich doch in den Teppich ein!« Bei der Gelegenheit ist ihm eingefallen, daß der ihm auch gehörte, und dann hat er den auch noch abgeschleppt.

Die arme Frau hockte nun in einer ratzekahlen Wohnung und traute sich nicht, irgendwen um Hilfe zu bitten, so sehr hat sie sich geniert. Aber die Reinhardt hat natürlich doch alles spitzgekriegt, na, und denn hat sie ihren Sohn losgeschickt und der hat Frau Behrens neue Möbel vom Sperrmüll besorgt.

Aber das Komischste ist, daß die andere – weiß gar nicht, wie sie heißt – tatsächlich des öfteren von ihren Fäusten Gebrauch zu machen scheint. Dann taucht Stammännchen wieder hier auf, unterm Arm den tragbaren Fernseher, so nach dem Motto: Wo der Fernseher steht, da wohne ich. Und die Behrens läßt ihn doch tatsächlich immer wieder zu sich rein. Total beknackt, irgendwie muß die ganz schön leidenssüchtig sein.

Puh, jetzt habe ich aber einen ganzen Roman aufgeschrieben und schon richtig einen Krampf in der Hand.

P.S. ... und unter mir das feine Pärchen, diese Sadisten, die ihren Hund zum Fiepen bringen, die sind natürlich auch nicht verheiratet ...

12. April

In diesem Haus geschehen wirklich unheimliche Dinge. Heute morgen bringe ich Engelke auf ihren Spielplatz (war sogar recht früh dran). Sie trödelte mal wieder auf der Treppe rum, so daß wir uns ein bißchen länger auf dem Treppenabsatz zwischen 2. und 3. Etage aufhielten. Da hatte sie nämlich einen Papierschnipsel gefunden. Plötzlich geht die Tür vom Lederpärchen auf. Er kommt raus, hält ein ziemlich großes Bündel im Arm (irgendwas in eine Decke eingewikkelt), und als er uns sieht, macht er auf dem Absatz kehrt und verschwindet unter Gemurmel wieder in seiner Wohnung. Glatter Rückzieher, würde ich sagen. Was wohl unter der Decke steckte? Doch nicht etwa der Köter?

Aber damit noch nicht genug. Eben bringe ich den Koffer mit Engelkes Winterklamotten auf den Dachboden, und was sehe ich? Da ist eingebrochen worden. Alles durchwühlt, auch mein Kram, und die Sachen von der Wohnungsvorgängerin fehlen. Irgend jemand hat das alte Zeug haben wollen, bitte schön, aber warum klingelt er nicht wie'n ordentlicher Mensch bei mir an? Zu dumm, daß ich nie nachgeguckt habe, was außer meinen Klamotten noch alles auf dem Dachboden war. Das habe ich immer mal machen wollen, aber dann leider wieder vergessen. Ob ich Anzeige bei der Polizei erstatten soll?

19. April (Mitternacht, fast schon der 20.)

Großer Zoff mit Jürgen. Der wollte wieder seine Spielchen spielen. Diesmal hatte er ein Hundehalsband besorgt. Mit Leine! Ich bin doch nicht so'n Struppi! Der hat sie wohl nicht alle! Das habe ich ihm auch gesagt. Und daraufhin hat der Sch——typ geflucht, so was hab ich noch nicht erlebt, selbst mit Peter nicht. Ich solle mir ja nichts einbilden, ich sei eine langweilige Puppenmutti, nein, in Wirklichkeit sei ich noch ein Baby, und von —— hätte ich sowieso keine Ahnung.

»Steck dir doch 'nen Schnuller in den Mund!« war das letzte, was ich hörte. Ich bin nur rausgestolpert aus der Wohnung. Also das muß ich mir nicht bieten lassen. Jetzt überlege ich, wie ich dem noch mal die Meinung geigen kann.

21. April

Mir fällt nix ein, vielleicht bin ich wirklich zu brav geworden, durch die Mutterschaft? Also habe ich Tiffy angerufen. In solchen Dingen ist auf sie immer Verlaß. Tiffy fand die Kiste natürlich total spannend und hatte gleich eine passende Idee: NICHT WÜRGEN, JÜRGEN! Und jetzt besorge ich Spray, und dann treffen wir uns und gehen zusammen zu seiner Wohnung und sprühen's an die Hauswand. Er dürfte bis nachmittags wohl in der Redaktion sein.

... Wow! Das nennt man Frauenpower! Hat das Spaß gemacht. Schöne große Buchstaben haben wir hingekriegt, macht sich tierisch gut auf dem weißen Anstrich: NICHT WÜRGEN, JÜRGEN! Da sind jetzt alle Miezen und Muttis, die er so ranholen will, und seine ganze noble Nachbarschaft schön vor ihm gewarnt. Und mich sieht der auch nicht wieder. Sein Halsband, das kann er sich nämlich in den A— stekken!

12. Juni

Liebes Tagebuch, entschuldige bitte die lange Schreibpause. Aber ich hatte Dich irgendwie verlegt, fand Dich eben beim Bettenbeziehen zwischen den Laken im Schrank erst wieder. Du warst nach hinten gerutscht, oder vielleicht hat Dich auch Engelke dort versteckt, es ist ja jetzt nichts mehr sicher vor ihr. Und außer daß sie tüchtig gewachsen ist, ist eigentlich nichts weiter passiert. Also nichts besonders Tolles, meine ich.

Nur einen neuen Hund gibt's unter mir, der andere ist angeblich unter ein Auto gelaufen. Der neue heißt auch Struppi und winselt genauso zum Gotterbarmen, aber ich habe mich dran gewöhnt.

Stell Dir vor, liebes Tagebuch, der Sohn von Frau Reinhardt ist hinter mir her. Sie nennt ihn Dicki, doch ich bestehe auf Dirk-Oliver. Er ist ja ein totales Muttersöhnchen, aber irgendwie süß. Ich lernte ihn zufällig vorigen Monat kennen, als ich Engelke nachmittags bei ihr abholte. Seitdem ist er schon ein paarmal bei mir gewesen (während die Kleine unten bei seiner Mutter ist). Wenn die das wüßte! Aber was sollte sie eigentlich dagegen haben? Jede von uns verwöhnt eben das Kind der anderen. Und ganz ehrenamtlich macht sie's ja schließlich auch nicht.

(Junge, der hat vielleicht Ausdrücke drauf!)

13. Juni

Nach langer Zeit ein Brief von Peter! Nur mich liebt er und hat nur mich je geliebt, schreibt er. Das mit*** (der Name kommt mir mein Lebtag nicht ins Tagebuch) sei damals nur eine Panikreaktion gewesen, als er all die dicken Bäuche um sich herum gesehen habe. Ob ich ihm glauben kann? Aber wieso hat er so lange nichts von sich hören lassen? Und dann beschuldigt er auch noch mich, daß ich mich bei ihm hätte melden sollen. Was soll das nun wieder? Was ist nur heutzutage mit den Männern los?

Wenn wir uns doch noch zusammentäten, müßte ich hier wieder aus der Wohnung raus. Das ist für mich aber kein Thema. Der Nachbarschaft würde ich bestimmt nicht nachweinen, keine Sekunde. Dieses Jarrestadtviertel sieht immer noch so aus, als wäre permanent Adventszeit. Ganzjährig! Kaum zu glauben, daß das mal eine Modellgegend war, wo sie alle hinziehen wollten, so nach dem Motto, bloß weg von Mottenburg. Hat mir Frau Reinhardt erzählt, für ihre Eltern sei's ein Traum gewesen, hier wohnen zu können. Und Frau Kattenstroth ist auch noch so eine übriggebliebene Urbewohnerin aus den 20er Jahren, wo sie mit ihrem Mann hier frisch eingezogen ist. Allerdings sterben die Alten jetzt stetig weg, ein Segen, und es ziehen junge Leute nach. Langsam, aber sicher verändert sich die Stimmung, das hat sich schon in diesem halben Jahr positiv bemerkbar gemacht. Am Semperplatz gibt's eine feine Konditorei, Schwaben sind das, die sich auf Sylt kennengelernt haben, so'n echt nettes Ehepaar, bei denen kaufe ich sehr gerne ein. Sonntags machen die immer ihre Backstube für die Kleinen auf, zeigen, wie man Marzipanfiguren formt und so. Da geht Frau Reinhardt meist mit ein paar Kindern hin, zugucken, und nimmt auch Engelke mit. Ich kann dann ausschlafen.

Und im Jean-Paul-Weg soll ein Kinderladen aufgemacht werden, da könnte ich Engelke hinbringen, wenn sie größer ist. Also wenn's mit Peter nichts wird, komme ich auch so bestens zurecht. Nur die Vorstellung, ich könnte wie die Kattenstroth hier für die nächsten fünfzig Jahre hängenbleiben, die macht mir Angst. Das möchte ich ums Verrecken nicht. Na, irgendwer wird mich schon hier rausholen, oder?

14. Juni

Gestern abend, als ich mit Tiffy und ihrer Schwester unterwegs war, kamen wir an abgestelltem Sperrmüll vorbei, und da stand eine ganz tolle alte Nähmaschine, mit so einem schnörkeligen gußeisernen Unterteil. Ich sah gleich, die könnte ich mir schön anstreichen und eine Platte drauf legen, das ergäbe einen prima Tisch.

Also hatten wir das Problem, das Ding zu mir nach Hause zu bewegen. Erst mal mußte es zur U-Bahnstation Schlump, die in der Nähe war. Zu dritt haben wir das Gestell die Treppe runter gewuchtet und gezerrt. Heilige Mutter Gottes, das hat vielleicht in den Gängen geklötert! Mit Ach und Krach sind wir in die letzte U-Bahn Richtung Barmbek rein. Puh! Aber dann! Hinter uns an der Saarlandstraße stieg so ein süßer

Sarotti-Mohr aus, der hatte schon während der Fahrt immer total begehrlich zu uns herübergeschielt, aber wir hatten natürlich alle so getan, als würden wir's nicht sehen. Der bot uns seine Hilfe an. Haben wir dankend angenommen und staunten, denn der allein hatte mehr Kraft als wir alle drei zusammen.

Bißchen komisch war es zwar, so der Schwarze, der da für uns schuftet, und wir lässig hinterdrein spaziert. Aber er wollte ja unbedingt helfen. Ließ sich gar nicht abschütteln. An der Ecke Flüggestraße zeigte er rüber, »I live over there.« Trotzdem bestand er darauf, weiter mitzukommen.

Schließlich waren wir da. Was sollte ich machen, ich konnte ihn doch nicht auf der Straße stehen lassen? Also alle Mann hoch zu mir. Na, und dann saß er da plötzlich mit in meiner Küche, so'n waschechter Sarotti-Mohr. Er stierte immerzu auf den Nußknacker, den ich auf der Fensterbank stehen habe. Vielleicht hielt er den für irgendwas Magisches, um die bösen Geister abzuwehren? Essen und Trinken wollte er nichts. Vielleicht hatte er Angst, daß wir ihn vergiften. Aber was sollten wir bloß mit ihm reden? Er sprach ja kaum deutsch, radebrechte nur ein paar Brocken englisch. Also erst mal die Namen. Tiffy. Schien er nicht zu begreifen. Carmen. Konnte er auch nicht aussprechen, obwohl es doch so einfach ist. Dann: Regina. Ein Leuchten ging plötzlich über sein Gesicht.

»I know, a Ghanaese name. Name of the queen.«

Na, wir waren verdutzt, besonders Tiffys Schwester, die meinte nämlich, ihr Name bedeutet Königin auf lateinisch. So ein Zufall! Aber Sarotti – so hab ich ihn getauft, denn sein Name war nun wirklich ein Zungenbrecher – erzählte, Ghana sei zu 70 Prozent katholisch. Also vielleicht daher. So was hätte ich nicht für möglich gehalten.

Er ist übrigens hier, weil er Automechaniker lernt, drei Monate bleibt er in Hamburg (jetzt nur noch zwei, schade), und dann geht er für 1 Jahr nach Stuttgart. Ich kramte also einen alten STERN hervor, die hatten neulich einen Bericht über Oldtimer darin. Bis morgens um halb vier haben wir die Illustrierte beguckt. Denn das Komische war, daß er pflichtschuldigst jedes Foto lobte. Auch die ganzen Nacktbilder, war mir das vielleicht peinlich!

Er schien einfach nicht zu wissen, wie man geht. Schließlich haben Tiffy und Regina ihn vor die Tür gesetzt, denn auf meiner Matratze reichte der Platz außer für mich nur noch für die beiden.

17. Juni

Hoffentlich wird dieser Feiertag nie abgeschafft, er eignet sich so herrlich zum Ausschlafen!

Gestern abend stand der Sarotti vor der Tür, mit einem Töpfchen schwarzer und einem Töpfchen goldener Farbe in der Hand. Der wollte mein Nähmaschinengestell anstreichen. Echt lieb. Ich hab ihn über Nacht hierbehalten. So toll, wie ich mir das vorgestellt hatte, war er aber nicht im Bett. Ist eben auch nur ein Mann. Trotzdem, sehr lieb.

Er heißt übrigens Sulleiman. Wenn man's mal geschrieben sieht, ist es eigentlich kinderleicht.

P.S. Bei Herrn Petermann muß irgendwas los gewesen sein. Die ganze Nacht hörte man ein Auf und Ab auf der Treppe zum Boden, Kichern und Tuscheln, ich glaube manchmal, die feiern Orgien auf dem Dach.

28. Juni

Mist! Mike kam vorbei und hat mich mit Sulleiman erwischt, ab sofort (d. h. schon ab Juli) stellt er seine Mietzahlungen ein. Wohnen bleiben kann ich hier zwar. Aber was soll ich jetzt machen? Sulleiman zahlt natürlich nichts. Ich kann doch von einem Neger kein Geld annehmen.

Na, erst mal gehen wir tanzen.

30. Juni

Dirk-Oliver ist meine Rettung.

6. Juli

Jetzt ist Engelke schon zwei Jahre alt. Unglaublich, wie die Zeit vergeht. Ich bin ordentlich stolz. Frau Reinhardt hat angeboten, daß wir heute nachmittag bei ihr Kindergeburtstag feiern können.

Die hatte sogar einen Schokoladenkuchen gebakken, mit Kerzen und Fähnchen drauf. Ihr Dicki (der ja total anders ist als mein Dirk-Oliver, total angepaßt nämlich) war auch da. Plötzlich kam mir so eine Vision, wir wären verheiratet und Frau Reinhardt wäre meine Schwiegermutter, und mit einem Mal war mir so zum Heulen, ich weiß nicht, warum. Also brach ich in Tränen aus, mitten in der Runde. Frau Reinhardt meinte, ich hätte das arme Tier, das hätte jeder mal, und ich sollte es ruhig rauslassen. Sie nahm mich in den Arm, echt lieb, und strich mir über den Rücken, aber je mehr sie mich streichelte, desto mehr mußte ich flennen. Schei— auch, daß mir so was passieren muß.

7. Juli

Die Strafe folgt natürlich auf dem Fuße, denn wer steht eben vor der Tür, während seine Olle auf dem Spielplatz aufpaßt? Herr Brinkmann! (»Sag doch einfach Wulf zu mir ...«) Ich hätte ihn so gerührt gestern, und er wolle mir helfen, und wenn ich Geld bräuchte, solle ich mich vertrauensvoll an ihn wenden, er verlange auch nichts weiter dafür. Und dabei fing er auch schon an, mich zu begrapschen und zu betätscheln, echt ekelig. Nee nee, Kohle brauche ich zwar, aber der ist mir zu alt. Der könnte ja mein Opa sein. Also irgendwo ist Schluß. Hoffentlich hat er's kapiert.

15. Juli

Heute nachmittag hatten Tiffy und ich einen köstlichen Spaß. Ich kriegte doch immer diese nervigen Anrufe von dem Weinvertreter. Da hatte ich mal an einem Preisausschreiben seiner Firma teilgenommen, um eine Reise zu gewinnen (einen Korkenzieher gab's immerhin), und seitdem rief ewig dieser Fritze an und belästigte mich. Schließlich dachte ich mir, wenn er unbedingt eine Weinprobe loswerden will, bitte schön, dann soll er doch. Vorsichtshalber habe ich Tiffy noch dazugeladen. Sie hatte die tolle Idee, ein paar Cracker zu besorgen und auf den Tisch zu stellen, um den Geschmack zwischendurch zu neutralisieren. Der mußte uns echt für Kennerinnen halten.

Im Grunde war er aber ein armes Schwein! Allein schon, wie lang der Kerl für die Treppe brauchte. Ich dachte, der kriegt unterwegs einen Herzinfarkt, so japste er mit seinem schweren Musterkoffer die vier Stockwerke zu mir hoch. Mit hochrotem Kopf kam er hier an. Wir mußten echt um seine Gesundheit fürchten. (Trinkt vermutlich wie ein Specht.)

Tiffy mochte lieber lieblichen Wein und ich lieber herben, und beide schwärmten wir für roten und weißen. Der Vertreter hat seine gesamte Kollektion für uns entkorkt.

Mancher Weißwein schimmerte gelb, wir fragten ihn nach dem Grund, und so kamen wir denn ins Plaudern. Insgesamt war es ein netter Nachmittag, ich glaube, auch der Weinvertreter war von uns begeistert.

Zu guter Letzt zeigte sich jede von uns bereit, ihm eine Flasche Sherry abzunehmen, und da hat er denn die Fassung verloren.

»Ich verkaufe nur kistenweise«, stieß er hervor, wir fürchteten wieder um seine Gesundheit. Mehr könne sie sich, solange ihr Mann Lehrling sei, nicht leisten, bedauerte Tiffy. Und daß die Lehre noch drei Jahre dauern würde. Und ich müsse warten, bis meine Tochter mit der Lehre fertig sei, sagte ich (Engelke war ja dabei), da hat er denn seine Musterflaschen wieder eingepackt.

»Nicht ärgern!« hat Tiffy ihm noch nachgerufen, als er die Treppe wieder runter ächzte. »Jede Minute Ärger bedeutet eine Minute nicht gelebten Lebens.«

Himmel, haben wir gelacht. Ich hätte mich fast bepinkelt, da mußten wir natürlich noch mehr lachen.

18. Juli 1983

Nicht zu vergessen: Schöne Tage mit Sulleiman. Er ist einfach süß. Gestern hat er seinen großen Zeh in mein Ohr gesteckt, also ein bißchen was anderes hat er schon drauf. So was würde doch kein Deutscher fertigbringen.

24. Juli

Dieser Brinkmann wird echt aufdringlich. Eben stellte er mir schon wieder nach, fing mich bei den Mülltonnen ab. Ob ich es einfach Frau Reinhardt sagen soll?

6. August

Heute nacht bekam ich einen witzigen Anruf.

»Bist du's?« flüsterte mir jemand ins Ohr. Erst mal antwortete ich nicht, weil ich noch überlegte, ob ich die Stimme kenne. Hätte ja sein können.

»Bist du's?« wiederholte der Anrufer erregt. Darauf ich:

»Ich bin es schon, aber vielleicht nicht die, die Sie meinen.«

»Iris, ich will Iris sprechen!«

Der Ärmste, als ich sagte, ich sei nicht Iris, sondern Carmen, brach er in Schluchzen aus. Er habe schon alles versucht, sie zu finden, und diese Nummer sei seine letzte Hoffnung gewesen, weil diese Iris auch auf Kampnagel herumschwirren würde. Was immer er damit meinte.

Ich habe ihn ein bißchen getröstet und versprochen, ihn zu benachrichtigen, falls mir mal eine Iris über den Weg laufen würde, habe mir für diesen Fall sogar seine Anschrift notiert. Und meine Nummer habe er ja sowieso, da könne er gerne wieder anrufen, wenn ihm mal danach zu Mute sei.

(Die Stimme hatte was, so einen zarten Kiekser, klang gutaussehend.)

7. August

Komisch, wie immer wochenlang gar nichts passiert, und dann häuft es sich wieder so. Muß irgendwie mit den Sternen zusammenhängen, anders kann ich's mir nicht erklären. Als wäre Klaus, der Typ von gestern nacht, nur so eine Art Vorbote gewesen. Denn der heutige Tag hatte es in sich. Erst rief Jürgen Krüger an, morgens um elf und anscheinend schon reichlich angetrunken. Jedenfalls lallte er ins Telefon, es wär doch alles nicht so gemeint gewesen und ich wär ja eine witzige Nudel. Ob ich ihm noch mal eine Chance geben und jetzt gleich auf der Stelle vorbeikommen würde?

Ich habe den Hörer sofort auf die Gabel geknallt, aber ich hatte vielleicht ein Herzklopfen! Denn daß der noch meine Nummer hat und jederzeit anrufen oder vorbeikommen könnte, das hatte ich gar nicht mehr auf der Palette. Ich glaube, ich hatte den schon total vergessen.

Da fällt mir ein, er muß um diese Jahreszeit irgendwann Geburtstag haben, vielleicht deshalb der Anruf? Ob er sich bloß entschuldigen wollte, und ich hab die Einladung mißverstanden? Vielleicht war ich zu hart?

Wie auch immer, jedenfalls während ich noch aufgeregt neben dem Telefon stand, klingelte es schon wieder. Erst dachte ich, er sei es noch mal, aber es war Peter. Der hat mich wüst beschimpft, ich könne mich auf was gefaßt machen, er wisse genau, was ich für eine sei, und er würde Engelke da rausholen. Was meint er wohl? O Gott, er hat mir richtig Angst eingejagt.

Na ja, was soll's, der wird sich schon wieder beruhigen.

14. August

Morgen verläßt Sulleiman Hamburg. Schade, ich hatte mich schon so angenehm an ihn gewöhnt.

15. August

Traurig und allein und wütend! Will denn keiner bei mir bleiben? Liebes Tagebuch, was ich Dir jetzt erzähle, darfst Du niemandem verraten.

Ich habe Sulleiman gefragt, ob er mich nicht heiraten wolle, ich ihn! Das muß man sich mal vorstellen! Und er hat bloß gelacht und gesagt, nein, er ginge nächstes Jahr in sein Heimatland zurück, und ich müßte mit meinem Kind hierbleiben und hier leben, das wär besser so. Komisch, ich habe gedacht, der würde vielleicht gerne hierbleiben wollen.

Wir haben zusammen dann am Fenster gestanden und den Sonnenuntergang über der Jarrestadt angesehen. Der war auch anders als sonst, weil der Himmel ganz diesig-grau war. Und die Sonne, die sah wie ein großes orangenes Fünfmarkstück aus, und dann verschwand sie ganz langsam, so häppchenweise, also irgendwo in einem Schlitz im Himmel, gerade so, als würde sie in eine Spardose geschoben.

Ja, und nun ist er weg.

20. August

Dafür ist Herr Brinkmann noch da. Ich könnte ihn echt zum Mond schießen. Der hat irgendwas mit Dirk-Oliver spitzgekriegt. (Ich glaube nicht, daß Dirk geplaudert hat, der ist doch viel zu ängstlich?) Und jetzt will der geile alte Sack mich erpressen, ja, so muß ich es wohl nennen, damit ich auch mit ihm schlafe. Aber das mache ich nicht! Ich habe ihm einen Brief geschrieben und ihm erklärt, daß das für mich Leichenschändung wäre. Da hat er's schwarz auf weiß!

Ich muß hier dringend mal raus, mit Peters Drohungen und mit dem Alten, auch mit Dirk-Oliver, wenn ich's ehrlich überlege, wird mir einfach alles zu viel. Manchmal hab ich so ein Gefühl, als schnürte mir was die Kehle zusammen. Auch mit Frau Reinhardt – diese ewigen Belehrungen, machen Sie dies nicht, machen Sie das anders, verdammt, dabei werde ich bald fünfundzwanzig! Ich habe einfach keinen Bock, mich von der Schnalle ewig ansülzen zu lassen. Aber was macht man nicht alles für sein Kind!

Ob ich mich mal bei José melde? Habe lange nichts von ihm gehört. Allerdings bin wohl ich diejenige, die zuletzt nicht mehr geschrieben hat. Vielleicht könnte ich eine Zeitlang bei ihm wohnen? Himmel, das ist eine Superidee. Geburtstag feiern auf Mallorca! Nichts wie hin, ich schreibe ihm gleich auf der Stelle.

1. September

Morgen fliege ich, das heißt natürlich wir. Es ist schon alles gepackt. Ich will mindestens einen ganzen Monat bleiben, José sagt, ich kann in einer Disko jobben, er hat alles geregelt. Ein Bekannter von Mike wird während der Zeit in der Wohnung wohnen, so daß ich sogar die Miete spare. Er macht hier gerade ein Praktikum. Da habe ich schon den halben Flug raus.

Als ich mit José telefonierte, habe ich ihn ein bißchen angeschwindelt und gesagt, ich hätte ihm öfter geschrieben, vielleicht seien ein paar Briefe in der Post verlorengegangen. Er hat nämlich erst geschimpft. Aber das darf man nicht so ernst nehmen, das ist nur die spanische Leidenschaft.

Junge, ich könnte die ganze Welt umarmen, bin ich ein Glückspilz!

5. Kassette

Marthe sackte erschöpft in die Sitzpolster und schloß die Augen. Geschafft! Den allerletzten Sitzplatz im Eurocity Berner Oberland hatte sie soeben ergattert, obwohl gleichzeitig mit ihr in Karlsruhe Hunderte von Reisenden den Zug gestürmt und sich um die wenigen nicht reservierten Plätze gerangelt hatten. Wo die Leute nur alle hinwollten? Alles Unglück der Erde stammte ja daher, daß die Menschen es nicht verstanden, in Ruhe in einem Zimmer zu bleiben. Wer hatte das noch gesagt? Na, ganz stimmte es doch nicht, wer brav daheim blieb, konnte auch ermordet werden, wie man sah.

Etliche der Mitreisenden schoben sich immer noch durch die Wagen, rammten ihre Koffer, absichtlich oder unabsichtlich, aber das lief aufs gleiche hinaus, den Mitreisenden ans Schienbein, standen aufdringlich schimpfend oder hilflos verzagend – auch dies beides gleichermaßen unangenehm – zwischen Sitzen und Gängen. Nun, das sollte alles für den Moment nicht ihre Sorge sein, bis Mannheim hatte sie Ruhe. Eigentlich mochte sie diese Lesereisen immer ganz gern, man kam im Lande herum, lernte nette Leute kennen, konnte hier und da eine Ausstellung oder Theaterinszenierung mitnehmen und bekam überhaupt so einiges mit an Stimmungen und Geschichten. Diesmal hatte ihre Reise sie in mehrere süddeutsche Universitätsstädte geführt, das war ihr wie ein Besuch in einer fremden Welt vorgekommen. Mein Gott, diese Unifritzen lebten und lehrten da so beschaulich vor sich hin und wußten eigentlich gar nicht, wie gut sie es hatten. Und wie sehr sie hinter dem Mond lebten.

Zum Beispiel diese Akademische Rätin vorgestern. Zur Professorin hatte sie es natürlich nicht gebracht und würde es wohl auch nicht in einer süddeutschen Universitätsstadt.

Die hatte sich mit ihr vor der Lesung zum Essen treffen wollen. Und was hatte sie sich einfallen lassen, wohin hatte sie sie geführt? In eine Allerweltspizzeria, wie man sie genauso, und das hieß genauso schlecht, auch in Siegen, Wanne-Eickel oder Itzehoe vorfinden konnte. Für zwölf Mark fünfzig hatte sie einen langweiligen wäßrigen Salat (mit drei laschen grünen Peperoni und einer schrumpeligen schwarzen Olive garniert) vorgesetzt bekommen und für sechzehn Mark fünfzig eine Mikrowellenlasagne, an der sie sich, wie üblich, die Zunge verbrannt hatte, was für die nachfolgende Lesung keine günstige Voraussetzung gewesen war. Und dazu hatten sie sich die herablassenden Blicke des arroganten Kellners gefallen lassen müssen, der sie erst mal lange warten ließ, weil er nicht hatte begreifen wollen, daß keine Herren mehr dazu erwartet wurden.

Und am Ende war es der Akademischen Rätin nicht mal eingefallen, ihren Gast zum Essen einzuladen, obwohl das schließlich ihre Idee gewesen war. Vermutlich, weil sie für ihr Wochenendhaus in der Toskana oder im Elsaß sparen mußte. Marthe dagegen, auch wenn sie noch so abgebrannt war, ließ sich in der Regel nicht lumpen, wenn es darum ging, anderen, gar auswärtigen Besuchern, etwas zu spendieren. Deshalb würde sie es ihrerseits auch nicht zu einem Wochenendhäuschen bringen.

Dafür hatte sie Lebensart, die dreißig Mark konnte sie also verschmerzen, und auch die fünf Mark, die sie noch für den Kellner draufgelegt hatte, um ihm seine Arroganz heimzuzahlen. Ob er den pädagogischen Wink überhaupt bemerkt hatte?

Wirklich ärgerlich aber war, daß im Umkreis von nur hundert Metern um die Taverna herum etliche gemütliche einheimische Restaurants lagen, eines anheimelnder als das andere (schon allein die Namen: *Zum wilden Reiter, Zur feschen Winzerin*), und wo es, wie Marthe bei ihrem Stadtrundgang am nächsten Vormittag grimmig feststellen mußte, für zehn Mark fünfzig hausgemachte Käsespätzle inklusive Salat gab. Nicht zu vergessen freundliche weibliche Bedienungen mit weißgestärkten Schürzchen. Aber offensichtlich hatten diese Unisusis einen Hang zum Masochismus.

Wenn sie es recht bedachte, hatte sie allen Grund dazu, sauer zu sein. Nun kam sie schon mal, was doch nur alle Jubeljahre passierte, in diese Gegend, und dann enthielt man ihr das Beste vor (geschmälzte Maultaschen). Und dabei hielt man sich auch noch für weltläufig!

Nun, sie hatte sich nichts anmerken lassen, dazu war sie leider zu gut erzogen, auch nicht, als die Unisusi sie gefragt hatte, wann Marthe denn endlich, endlich den ersten deutschen Unikrimi schreiben würde, auf den alle Welt so gespannt wartete. Nein, den Gefallen würde sie ihnen nicht tun. Die Universität als Lebensraum und die bis auf ihre Neurosen reichlich reduzierten Menschen, die sich darin bewegten, gaben einfach zu wenig her. Sie konnte sich nur einen Plot für einen Unikrimi vorstellen, und dabei käme am Ende einzig und allein der Autor um, weil er sich nämlich beim Schreiben zu Tode gelangweilt hätte.

Marthe öffnete die Augen und ließ den Blick im Großraumwagen schweifen. Zwischen zwei Fenstern hing ein Plakat von Terre des Hommes, da es sich um einen Schweizer Zug handelte, sogar ordentlich gerahmt.

»15 000 Franken beträgt der Handelswert der Niere eines brasilianischen Straßenkindes!« stand darauf. »Oder der Wert ...«

Weiter konnte sie nicht lesen, der Trenchcoat eines Mitreisenden verdeckte den Rest. Bevor sie in Mannheim ausstieg, bat Marthe den Herrn daher, seinen Mantel mal kurz zur Seite zu raffen. Was sie las, war zu erwarten gewesen:

»Oder der Wert eines Heimes für Straßenkinder.«

Vielleicht sollte sie einmal einen Krimi über Kinder, oder über ein Kind, schreiben. Nachdem die Frauen sich emanzipiert hatten, waren sie die einzigen Unschuldigen, die es auf der Welt noch gab. – Was wohl aus Carmen Kaempfes Töchterchen geworden war? Die müßte jetzt auch schon bald zwölf Jahre alt sein. Es war nicht anzunehmen, daß sie, wie ihre einstige Namensvetterin, in ein Waisenheim gekommen war, in Hamburg gab es ja keine geschlossenen Heime mehr. Sicher lebte sie bei Pflegeeltern. Ob sie sich überhaupt noch an ihre Mutter erinnern konnte? Wohl kaum. Armes Mädchen! Immerhin war das Schicksal eines Straßenkindes ihr wohl erspart geblieben.

Hatte sie den Eurocity Berner Oberland schon für hoffnungslos überfüllt gehalten, so mußte sich Marthe angesichts des ICE nach Hamburg-Altona, mit dem sie ab Mannheim weiterfahren wollte, eines Besseren belehren lassen. Hier ging nun wirklich gar nichts mehr. Die, die vorne einstiegen, versuchten, sich zum hinteren Ende des Zuges durchzukämpfen, während die von hinten nach vorn strebten. Dazwischen lagerten in den plissierten Abteilen zwischen den Waggons Dutzende von überwiegend jungen Leuten, die das Aussichtslose erst gar nicht mehr versuchten, statt dessen sich bereits über den mitgebrachten Proviant hermachten und Äpfel, Bier und Stullen bereithielten. Weder hatte Marthe Lust, sich dazu zu gesellen, noch spürte sie nach den Anstrengungen der Lesetour die Kraft, die nächsten fünf Stunden stehend im Gang zu verbringen. Und das nötige Kleingeld, um eine Fahrkarte für die 1. Klasse zu erstehen, mochte sie auch nicht erübrigen. Da ginge ja das gesamte Honorar des letzten Vorabends drauf. Denn bei ihrem Billigreisetarif konnte man nicht einfach nur einen Zuschlag lösen, da wäre eine vollständig neue Fahrkarte fällig gewesen.

Aber irgend etwas mußte sie tun, und sie tat es zielstrebig. Durch fünf Waggons kämpfte sie sich zur ersten Klasse vor, den schweren Koffer und die mit Büchern gefüllte Reisetasche über Köpfe und Beine hinwegjonglierend. Als sie dort ankam, wo es tatsächlich etliche leere Plätze gab und wo die Reisenden ruhig lesend saßen, als hätten sie vom Chaos, das im Rest des Zuges herrschte, noch gar nichts gespürt, zitterten ihr die Beine. Sie sank in einen Sitz, ließ Koffer und Tasche stehen, wo sie standen, und legte ihre Hände auf den Bauch.

Als sie wenig später dem freundlichen Schaffner erklärte, sie sei im dritten Monat schwanger und könne unmöglich bis Altona auf dem Gang hocken, klang es ganz natürlich.

Der Schaffner, schon in Feierabendstimmung, meinte, sie solle das mit seinem Nachfolger, der gleich in Frankfurt den Dienst aufnähme, klären. Diesem konnte Marthe dann schon sagen, sein Vorgänger habe ihr gestattet, hier zu sitzen.

Ein schlechtes Gewissen hatte sie bei der Schwindelei nicht. Frauen hatten so viele Nachteile auf dieser Welt. Und für das Defizit der Deutschen Bundesbahn trug sie wahrhaftig keine persönliche Verantwortung.

Jetzt konnte sie endlich den Walkman hervorkramen und Frau Reinhardts fünfte Kassette einlegen, die sie im letzten Moment vor der Abreise noch eingepackt hatte.

Morgens früh um sechs, kommt die kleine Hex'.
Morgens früh um sieben, kocht sie gelbe Rüben.
Morgens früh um acht, wird Kaffee gemacht . . .

Was war das denn? Sie hörte wohl nicht richtig! Hatte sie die Kassetten verwechselt (aber wo? und wie? und wann hätte das geschehen sollen), oder erlaubte sich die olle Reinhardtsche einen albernen Scherz mit ihr? Etwas schief klingende Kinderstimmen sangen ein Liedchen. Na, das würde sicher gleich aufhören, und dann würde es ernst werden.

Machet auf das Tor, machet auf das Tor,
es kommt ein gold'ner Wagen.
Wer sitzt darin? Wer sitzt darin?
Ein Mann mit rotem Kragen.
Was will er will er denn? Was will er will er denn?
Er will die Jungfrau holen.
Was hat sie hat sie denn? Was hat sie hat sie denn?
Sie hat sein Herz gestohlen . . .

Marthe erinnerte sich, das Lied als Kind selbst gesungen und dazu eine Art Tanzspiel aufgeführt zu haben. Sie hatten aber immer noch ein Wort zum Schluß gesungen, von dem keiner ihrer Spielkameraden die Bedeutung gewußt hatte, *Empolen*. Ob das ursprünglich irgend etwas mit Polen zu tun gehabt hatte? Sie spulte die Kassette etwas weiter vor. Der herzige Gesang schien kein Ende zu nehmen.

Knusper, knusper, knäuschen, wer knuspert an mei'm Häuschen? Der Wind, der Wind, das Himmlische Kind. Sie nahm die Kassette heraus und drehte sie um. Mal hören, was auf der Rückseite war. *Dreht euch nicht um,* warnten die Kleinen jetzt. *Denn der Plumpsack geht herum. Wer sich umdreht oder lacht, kriegt den Buckel blau gemacht.*

Das Problem bei Kassetten war, daß man sie nicht

eben mal auf die Schnelle durchblättern oder grob überblicken konnte wie Buch- oder Manuskriptseiten. Es war nicht wie bei einem Kriminalroman, bei dem man schon mal das Ende vorweglesen konnte, wenn die Spannung gar nicht mehr auszuhalten war. Marthe hatte neulich spaßeshalber das Ende der letzten Kassette angehört, war daraus aber nicht schlau geworden. Kein Satz, der besonders aufgefallen, ins Auge gesprungen beziehungsweise ins Gehör gedrungen wäre. Man konnte diese Dinger vor- und zurückspulen, soviel man wollte, den Clou würde man immer gerade verpaßt haben.

Also fügte sie sich ihrem Schicksal, immerhin erster Klasse, und hörte die kleine Sammlung von Kinderliedern, die Frau Reinhardt für sie zusammengestellt hatte, ergeben an. War es die Bosheit einer zum Sterben verurteilten Frau gewesen? Oder hatte sie es einfach freundlich gemeint, hatte dies alles putzig gefunden? Oder hatte sie einen Zweck verfolgt und ließ Marthe jetzt, in diesem Moment, eine Botschaft zukommen, die sie anders nicht hatte ausdrücken wollen oder können?

Es tanzt ein Biba-Butzemann in unserm Haus herum, wiedebum!

»Tommt ein Mann ...«, dachte Marthe. Das war es, was das Kind gesagt hatte. Die Kleine hatte den Mörder ihrer Mutter gesehen, kannte ihn vermutlich auch und hätte ihn jederzeit wiedererkennen können. Nur schien sie nicht begriffen zu haben, daß der Mann ihre Mutter getötet hatte. Er mußte sehr sanft dabei vorgegangen sein. Das verringerte die Chance, daß sich das

Mädchen in späteren Jahren an den Vorgang würde erinnert haben. Marthe erinnerte sich an einen Fall aus Schweden, der eine Zeitlang die Zeitungen mit Schlagzeilen gefüllt hatte. Da hatte ein vierjähriges Mädchen den eigenen Vater überführt, der, zusammen mit einem Kumpan, in Gegenwart des Kindes eine Prostituierte ermordet und die Leiche beiseite geschafft hatte. Zum Zeitpunkt der Tat war das Kind anderthalb Jahre alt gewesen, erst später hatte es das Beobachtete in Worte zu fassen, wenn auch vielleicht nicht ganz zu deuten gewußt.

Ob Frau Reinhardt aber erwartete, daß Marthe den Mörder würde erraten können? Vier Kassetten hatte sie bereits gehört, die fünfte schien nur dazu da zu sein, die Auflösung hinauszuzögern. Ein Pausenfüllsel, oder? Die Geschichte neigte sich unweigerlich dem Ende zu. Woraus aber sollte sie auf den Täter schließen? Was für Anhaltspunkte, Indizien und Motive gab es denn? Männer jedenfalls, Verdächtige qua Geschlecht, kamen mehr als genug in dieser Geschichte vor, sie konnte sich schon gar nicht mehr im einzelnen an alle erinnern, geschweige denn an alle Namen. Aber da sie sich auf der Zugfahrt die Zeit ja irgendwie vertreiben mußte, konnte sie doch mal zum Spaß und als Gedankenschulung eine Liste der Verdächtigen anlegen. Sie holte ihr Notizbuch aus der Tasche.

Da wäre natürlich als Hauptverdächtiger der Kindesvater, Peter Stolte, zu nennen. Peter Stolte hatte ein klares Motiv, das Marthe neben dem Namen in die entsprechende Rubrik eintrug: Eifersucht, verschmähter Liebe Pein. Das war ja nun schon beinahe tragisch, wie die beiden offensichtlich immer noch etwas füreinander empfunden, aber nicht mehr zusammengefunden hatten. An diesem traurigen Umstand war Frau Kattenstroth wohl nicht ganz unschuldig gewesen, da sie Peters Liebesbriefe an sich genommen hatte. Aber das war nun eine Schuld, die kaum justitiabel war, zumindest nicht unter dem Tatbestand Mord geahndet werden würde.

Was fiel ihr noch zu Peter ein? Drohungen, Flüche, Verwünschungen. Aber es waren meistens nicht diejenigen die Täter, zumindest nicht in Kriminalromanen, die dem Opfer vorher lautstark und im Beisein von Zeugen den Hals hatten umdrehen wollen. Immerhin war Peter es gewesen, der ihr einmal eine Flasche Mariacron geschenkt hatte, und davon hatte sie auch in der Mordnacht reichlich getrunken. Marthe schrieb *Mariacron* unter die Rubrik »Indizien«. Aber wenn man es genau überlegte, handelte es sich nur um eine Koinzidenz, die nichts, aber auch gar nichts besagte.

Als nächstes fiel ihr Jürgen Krüger ein, der Musikkritiker, der sich allerdings nicht solcher Berühmtheit erfreute, daß Marthe seinen Namen gekannt hätte. Nicht prominent, dafür pervers, dachte sie. Zumindest ein klein bißchen. NICHT WÜRGEN, JÜRGEN! Das war gut und gab auch ein brauchbares Motiv her. Kränkungen konnten Männer ja nie gut verwinden. Aber es war eigentlich zu gut, in einem Buch, das sie geschrieben hätte, wäre Jürgen Krüger jedenfalls unschuldig. Dann wäre es eher noch der Weinvertreter gewesen, der letztlich dasselbe Motiv wie Jürgen Krüger, gekränkte Ehre oder Eitelkeit, sogar in Verbindung mit einer Einkommenseinbuße, vorzuweisen hatte. Na ja, eine Fehlinvestition war Carmen Kaempfe für beide gewesen.

Und dieser Mike, der die Wohnung für sie angemietet hatte? Höchst verdächtig, besaß vermutlich auch einen Zweitschlüssel.

Demgegenüber schied Carmens Geliebter aus Ghana, Sulleiman, von vornherein aus. Kein Motiv und offensichtlich längst nach Stuttgart umgezogen. Außerdem durfte ein Schwarzer nicht der Mörder sein. Desgleichen mußte Frau Süskinds Sohn, über den Näheres zu erfahren sie bei Frau Reinhardts Ausführungen bislang vergeblich gehofft hatte, aus der Liste ihrer Verdächtigen gestrichen werden. Ein Halbjude. Schon allein das auszusprechen, war in Deutschland schwierig.

Aber der Einbruch auf dem Speicher? Wer außer dem verlorenen Sohn sollte in Frau Süskinds Habseligkeiten gewühlt, dort etwas gesucht haben? Und etwa auch gefunden? Vielleicht gar belastendes Material, von dem er fürchten mußte, es könnte Carmen ebenfalls in die Hände gefallen sein?

Forget it, dachte Marthe. Vermutlich ging der Bruch nur auf das Konto des obligaten anonymen Drogensüchtigen. Sollte etwa auch der Mord von einem Zufallstäter verübt worden sein?

Wie wäre dann aber dieser merkwürdige Umstand mit dem Schnuller im Mund der Ermordeten zu erklären? Der Schnuller! durchfuhr es Marthe. Sie solle sich einen Schnuller in den Mund stecken ... Wer das gesagt hatte, hatte es vielleicht doch auch getan.

Wurde sonst noch irgend jemand in dieser Geschichte in Verbindung mit einem Schnuller erwähnt? Zu dumm, daß sie kein Buch vor sich hatte, in dem sie jetzt zurückblättern, das eine oder andere nachlesen konnte. Sie mußte sich auf ihr Gedächtnis verlassen. Wer hatte noch einen Schnuller gehabt? Und von wem war noch die Rede gewesen?

Freddy, mit dem Carmen nach Mallorca gereist war. Aber der gab doch eigentlich nichts her, hatte sich inzwischen gar anderweitig verliebt. Für den war die junge Frau nur ein kleiner Notnagel gewesen, und Notnägel erdrosselt man in der Regel nicht, oder?

Herr Petermann und sein Freund Schatzi fielen Marthe ein. Aber gaben sich Schwule damit ab, Frauen zu ermorden?

He! Was war mit dem Sadistenpaar aus der unteren Etage? Wer Hunde folterte, würde wohl auch Menschen zu quälen imstande sein. Und das Motiv? Mitwisserschaft? Drohung mit einer Anzeige beim Tierschutzverein? Möglich. Also war das Mordwerkzeug vielleicht wirklich ein Hundehalsband gewesen? Eher doch nicht, seufzte Marthe. Denn dann wäre die Drosselmarke schließlich breiter und selbst von einem Polizisten nicht zu übersehen gewesen.

Es tanzt ein Biba-Butzemann in unserm Haus herum.

Wer wohnte noch alles in der Hölderlinsallee? Der Seemann, wie hieß er noch? Aber dann hätte wenigstens irgendwann einmal die Rede davon gewesen sein müssen, daß er und Carmen sich begegnet waren. Wie sollte man sonst auf ihn kommen? Da lag ja noch der unbekannte nächtliche Anrufer näher. Oder der Zahnarzt mit dem unglaublich passenden Namen.

Überhaupt, was war das für ein ungeordnetes Erzählen! Natürlich, Frau Reinhardt war keine Schriftstellerin, wußte nicht, wie man eine Geschichte professionell aufbaute und entwickelte. Wenn Verlauf und Aufklärung des Ganzen überhaupt etwas Derartiges zuließen. Bei einem guten Krimi mußte der Täter im ersten Kapitel eingeführt worden sein. Auf diesem Grundsatz bestand Marthe. Möglichst auf den ersten zehn Seiten, fand sie sogar. Da hatte sie ihren Ehrgeiz. Hier aber konnte es jeder gewesen sein, jeder dahergelaufene Kerl, mit dem sich einzulassen Carmen Kaempfe nicht verabsäumt hatte. Denn abgewiesen hatte sie ja anscheinend keinen.

Keinen? Wirklich? Ein schrecklicher Verdacht stieg in Marthe auf. Verschmähter Liebe Pein ... Vielleicht war das Vorlesen des Tagebuchs, dieser ganzen Männergeschichten, nur als ein nicht ganz ungeschicktes Ablenkungsmanöver auf seiten von Frau Reinhardt zu verstehen? Vielleicht stand ihr der Mörder in Wahrheit viel näher, als bislang zu vermuten gewesen war? Was war denn von der Reaktion dieses Dicki zu halten: »Ich bin schuld, ich bin schuld!« Wirklich zum Lachen? Steckte der Sohn nicht vielleicht doch dicker drin, als seiner Mutter lieb war? Und hatte die arme Frau nicht sogar in jener Nacht auf dem Sofa erfahren müssen, daß nicht nur er Carmen Kaempfes Reizen erlegen gewesen war, sondern auch ihr moralischer

Lebensgefährte, Wulf Brinkmann? Anscheinend hatte er zu dem Zeitpunkt, als sie die Kassetten besprach, nach wie vor ihr Leben und ihre Wohnung geteilt. Sollten die Kinder eigentlich etwa singen, es tanzt ein Biba-Brinkmann ...?

Dicki oder Wulf! dachte Marthe. Beide erfüllten sogar die Bedingung, ziemlich von Anfang an in der Geschichte vorzukommen. Beide standen dem Opfer nah. Beide hätten die Gelegenheit gehabt, Frau Reinhardts Schlüssel zu Carmen Kaempfes Wohnung zu entwenden, hätten auch einen Nachschlüssel davon anfertigen lassen können. Dicki oder Wulf. Vielleicht nicht nur ein Eifersuchts-, sondern auch ein Stiefvater-/Stiefsohn-Drama. Der eine oder andere hing drin. Und Frau Reinhardt hatte ihn gedeckt. Denn darauf würde die Erzählung ja wohl hinauslaufen, oder?

Es war zu dumm, daß sich die sechste Kassette nicht in Marthes Reisegepäck befand. So mußte sie sich bis Hamburg mit den Kinderreimen und ihren Spekulationen begnügen. (Welches Lied als Ohrwurm hängen bleiben würde, würde sich aber erst am nächsten Tag erweisen, nachdem Marthe den Schluß von Frau Reinhardts Ausführungen angehört haben würde.)

Als sie zu Hause ankam, mittlerweile selbst im Glauben, sie sei schwanger, hätte nichts sie eigentlich daran hindern können, sogleich die sechste Kassette in den Rekorder zu schieben. Aber merkwürdig, hatte sie die Spannung während der Bahnfahrt als unangenehm empfunden, so hatte sie sich jetzt anscheinend daran gewöhnt, ja, sie empfand die Vorstellung sogar als lustvoll, die Auflösung des Rätsels, wenn es denn eine gab, noch ein wenig länger hinauszuzögern. Es war daher nicht der Kassettenrekorder, den sie einschaltete, nachdem sie sich einen Tee eingegossen hatte, sondern, wie immer als erstes, der Anrufbeantworter. Unter anderen hatte ihr Verehrer, der, mit dem sie im Konzert gewesen war, nicht nur eine nette Liebesbotschaft darauf hinterlassen, sondern außerdem noch gratis ein Literaturzitat.

»Der Benn ist ein giftiger Lanzettfisch«, tönte es ihr schmeichelnd aus dem Lautsprecher entgegen, »ein Lanzettfisch, den man zumeist in Leichenteilen Ertrunkener festgestellt hat. Fischt man solche Leichen an den Tag, so kriecht gern der Benn aus After oder Scham oder in diese hinein.«

Auch er würde, wenn sie ihm die Feststellung verziehe, gerne bald wieder in sie hineinkriechen, gestand der Verehrer und wollte sich noch am selben Abend mit Marthe zum Essen (und mehr) verabreden.

Sie beriet kurz mit sich selbst und entschied sich dann dagegen. Sie würde sich heute abend lieber selbst befriedigen. Wenn man darüber nachdachte, daß jeder Mann aus Carmen Kaempfes Umfeld als potentieller Mörder in Frage kam, so schien es einfach nicht ratsam, sich mit Männern näher einzulassen. Sie schaltete ihren Computer ein. Grünes Licht. Zum Vergnügen würde sie sich ein bißchen in ihren Dateien tummeln, mal sehen, ob sie bei der Lektüre des Hamburger Abendblattes Brauchbares zu den Stichworten *Erwürgen, Erdrosseln, Frauenmorde* etc. zusammengetragen hatte. Und tatsächlich, gleich das erste Beispiel ihrer Zufallsauslese sollte genau zum Mordfall Carmen passen.

> *Mutter erstochen.* – Nur 500 Meter von Londons Wimbledon-Tennis-Plätzen entfernt ist Rachel Nickell (22) vergewaltigt und erstochen worden. Sohn Alexander (2) mußte das Verbrechen mit ansehen. Ein Spaziergänger fand die Tote und das verstörte Kind.
> *Frau erschlagen.* – Eine 39jährige Frau ist im Kinderzimmer ihres Hauses von ihrem Mann erschlagen aufgefunden worden. Die beiden lebten getrennt, und der Vater wollte das gemeinsame Kind zurückbringen. Die Kripo verdächtigt einen 20jährigen.

Marthe hingegen verdächtigte auf der Stelle den Vater. Hatte er nicht in Wirklichkeit vielleicht das Sorgerecht für das Kind allein haben wollen? Hier hatte sie es schon:

> *Familien-Dramen.* – Zwei Väter liefen Amok. In beiden Fällen ging es um das Sorgerecht für die Kinder. Der eine (35) vergiftete in Braunschweig seinen Sohn (2) mit Schlaftabletten. Der andere (29) entführte in Eberbach seine Tochter (2) und erstach die Mutter (25).

Das Alter von zwei Jahren schien offensichtlich ein besonders gefährdetes zu sein.

Verschmähte Liebe: Mord und Selbstmord.
– Ein Arbeiter (34) hat in Altenstadt (Bayern) seine Lebensgefährtin (39) und den gemeinsamen Sohn (15) erschossen. Anschließend tötete sich der Mann selbst. Die Freundin hatte ihm den Laufpaß gegeben.
– Den Auszug seiner Frau (50) ertrug ein Bäcker (59) in Hagen (Westfalen) nicht. Er schlug sie nieder und zündete das Haus an. Im Brandschutt fand man die Leichen des Paares, das 28 Jahre verheiratet gewesen war.
– In Mannheim erstach ein 53jähriger seine Frau (33) und sich selbst. Das Motiv stand in einem Abschiedsbrief: verschmähte Liebe.

All dieses sinnlose Gemetzel war offensichtlich an nur einem Wochenende geschehen. Es schien überall das gleiche zu sein. Männer schienen im Glauben zu leben, daß ihnen ihre Frauen und Kinder gehörten. Und konnten Trennungen nicht verwinden – obwohl sie selber sich doch andauernd trennten, oder etwa nicht? Nicht immer aber war es so, daß die Männer im Affekt durchdrehten. Zum Beispiel hier:

Eifersuchts-Drama: Zwei Tote. – In einem kleinen Park an der Adlerstraße in Barmbek kam es gestern nachmittag zu einem tödlichen Eifersuchtsdrama. Der 45 Jahre alte Wolfgang H. erschoß zuerst seine von ihm getrennt lebende 41Jahre alte Frau Christa. Danach richtete er die Pistole gegen sich selbst und starb dicht neben seiner Frau. Der 27 Jahre alte jugoslawische Begleiter von Christa H. wurde mit einem schweren Schock in ein Krankenhaus gebracht.

Wolfgang H. hatte seine Tat offensichtlich genau geplant ...

Es folgte detailliert der Ablauf des Geschehens. Ja, auch in Hamburg war einiges los:

Freundin überfallen. – Der 27 Jahre alte Thomas R. hat gestern morgen seine Freundin und seine Ex-Freundin in deren gemeinsamer Eimsbütteler Wohnung überfallen. Nach einer versuchten Vergewaltigung stellte er sich der Polizei.

Das war so die Preislage des Carmen-Kaempfe-Milieus, dachte Marthe. Man durfte aber gespannt sein, wen das Freundchen wohl zu vergewaltigen versucht hatte, die Freundin oder die Ex-Freundin?

Um 8 Uhr wollten die beiden Freundinnen ihre Wohnung am Hellkamp verlassen. Im Treppenhaus wartete Thomas R. Er zwang die beiden Frauen (21, 26) mit einer Pistole, zurück in die Wohnung zu gehen. Seine Ex-Freundin mußte R.s Freundin fesseln. Dann schlug und stach er nach Angaben der Polizei mit einem Messer auf die am Boden liegende Frau ein. Nach der versuchten Vergewaltigung floh er ...

Also nicht mal gebracht hatte er's, murmelte Marthe

grimmig. Von Vergewaltigung war bei Carmen, soweit sie sich erinnern konnte, nicht die Rede gewesen, oder? Und auch sonstige Spuren von Geschlechtsverkehr hatte Frau Reinhardt doch bislang nicht erwähnt? Aber wie sollte sie auch, das Ergebnis der gerichtsmedizinischen Untersuchung dürfte ihr kaum mitgeteilt worden sein.

Mutter im Streit erstochen. Familiendrama in Billstedt. – Ein junger Mann wollte wieder zu Hause wohnen. Die Mutter sagte nein. Da brachte er sie um.

Ein Familiendrama ereignete sich am Sonntag in einem kleinen Reihenhaus am Steinadlerweg in Billstedt. Der 25 Jahre alte Martin C., der jüngste von drei Brüdern, hatte sich mit seiner Freundin so zerstritten, daß er aus der gemeinsamen Wohnung ausziehen wollte. Den Wunsch, wieder ins Haus der Mutter zu ziehen, lehnte diese ab.

Der Sohn riß seine Mutter Monika (50) zu Boden, würgte sie und stach mit einem Messer, das er bei sich trug, auf sie ein. Dann wickelte er mehrere Elektrokabel um den Hals seiner Mutter und versuchte so, Spuren zu verwischen.

Nachbarn, die den Streit mit angehört hatten, riefen Polizei und Notarztwagen. Doch für Monika C. kam jede Hilfe zu spät. Der Sohn versuchte zu flüchten, wurde aber kurz darauf in der Nähe des Hauses festgenommen.

Bei der Vernehmung der Polizei gestand Martin C. die Tat. Die Mordkommission entnahm ihm eine

Blutprobe. Nur in Zusammenhang mit Drogen oder Alkohol sei, so der hinzugezogene Professor vom Fachbereich Psychologie der Universität Hamburg, ein Muttermord dieser Art erklärbar. Ein solcher Fall sei äußerst selten, da schon die innere Hemmschwelle, Familienangehörige umzubringen, extrem hoch sei ...

Marthe schüttelte den Kopf, angesichts ihres Zitatenschatzes kamen ihr leichte Zweifel an dieser These.

... Das gelte ganz extrem für die eigene Mutter.

Monika C. wohnte seit 1976 in dem kleinen Reihenhaus am Steinadlerweg. Die drei Söhne der geschiedenen Frau waren schon lange ausgezogen. Die Lampe an der Eingangstür brannte gestern nachmittag noch. Niemand hatte sie ausgeschaltet, bevor die Polizei das Haus versiegelte. Nachbarn und Verwandte waren fassungslos. Eine Frau aus der Nachbarschaft: »Das hat sie nicht verdient.«

Merkwürdiges Statement. Gab es denn jemanden, der so etwas verdient hatte? Jedenfalls war sie froh, doch nicht schwanger zu sein. Offensichtlich war es für Frauen nicht nur gleichermaßen gefährlich, zu heiraten oder sich scheiden zu lassen, sondern darüber hinaus auch, männlichen Nachwuchs in die Welt zu setzen.

Hatten die Herren bislang zu Tode geprügelt und erschlagen, mit Messern gestochen, Kehlen durchgeschnitten, vergewaltigt und geschossen, so kam sie jetzt zum Erwürgen und Erdrosseln. Nur der Sohnemann aus Billstedt hatte ja einiges zusammen aufgeboten, vom Würgen über die Stecherei mit dem Messer bis hin zum Drosseln mit Elektrokabeln.

Die Stecherei war natürlich männlicher als das Würgen. Ein Zitat erinnerte Marthe an einen Krimi von P. D. James, in dem es über das Erstechen hieß:

> *This was a masculine crime. The stabbing was significant. I can't see a woman killing in just that way. Faced with an unconscious victim I think a woman would strangle ...*

Ihre Datei war doch wirklich brauchbar, sie mußte sich selbst für ihre feine Arbeit loben. Aber zu viel durfte sie in das Zitat natürlich nicht hinein interpretieren. Aus der Unterstellung, daß nur ein Mann einen Meißel, wie im dargestellten Fall, in die zu Ermordende treiben würde, konnte nicht umgekehrt geschlossen werden, daß ein Mann nicht auch würgen oder drosseln könnte.

Immerhin, ein interessanter Würgeansatz von weiblicher Seite, ebenfalls aus der Literatur überliefert, fand sich als nächstes aufgezeichnet. Es ging um Lou Andreas-Salomé und ihren Gatten, Herrn Andreas, den Lou nur unter der Bedingung geheiratet hatte, daß die Ehe körperlich nicht vollzogen werden würde. Er war darauf eingegangen, hatte aber nicht damit gerechnet, daß sich die Dame ihm tatsächlich so standhaft verweigern würde:

Als Andreas eines Nachmittags versucht, seine Frau, die auf einem Ruhebett schläft, in schneller, spontaner Handlung zu erobern ...

»Was für ein Euphemismus!« dachte Marthe –

... erwacht sie von einem schwachen Laut, der ihr aber erscheint, wie von einem anderen Stern. Als sie die Augen öffnet, sieht sie, daß ihre Hände um einen Hals liegen, den sie mit starkem Druck umfangen. Der Ton war ein Röcheln gewesen, der Hals der ihres Mannes.

Herr Andreas hatte Glück gehabt, um ein Haar nämlich hätte seiner Gattin die Unterbrechung seiner zerebralen Blutversorgung durchaus gelingen können. Zur Kompression der Halsschlagadern, oder Karotiden, genügte bekanntlich bereits ein Druck von 3,5 Kilogramm. Die Bewußtlosigkeit setzte in der Regel recht schnell ein, nach drei bis fünf Sekunden konnte sie schon eintreten. Marthe sah die Schlagzeile deutlich vor Augen: *Ehefrau erwürgt ihren Mann im Schlaf* – Wobei der Witz eben wäre, daß nicht der Mann, sondern die Frau geschlafen hätte. Na ja, wer Eheprobleme hatte, war, in der Literatur wie im Leben, selber schuld.

Eheprobleme. Erst Mord, dann Selbstmord. – Ehefrau gewürgt – Totschlag: Frau erwürgt – Wahrsagerin hatte alles vorhergesehen. – Keine Beweise für Kindesmißbrauch. – Mal sehen, was dahinter steckte.

Mit einem Freispruch endete gestern der Prozeß vor dem Amtsgericht gegen den Studenten Gerhard S. (26). Er war angeklagt wegen sexuellen Mißbrauchs der Tochter seiner ehemaligen Verlobten Ina B. (32). Der Philosophiestudent soll Isabel, im Oktober 1990 zwei Jahre und drei Monate alt, zwei Zungenküsse gegeben haben ...

Zwei Jahre und drei Monate, so alt wie Engelchen. Immerhin, Kindesmißbrauch war Engelchen, und also auch ihr, Marthe, die aus der Geschichte, so sie einen passablen Ausgang haben sollte, wohl etwas machen würde, erspart geblieben. Marthe öffnete schnell ein Fenster zu ihrer Baby- und Kindermorddatei. Der erste Fall, eine ergreifende kleine Geschichte, gehörte, wie sie sah, streng genommen gar nicht da hinein. Sie würde bei Gelegenheit mal ein bißchen auf ihrer Festplatte aufräumen müssen.

Kind hielt Totenwache. London – Shane Scanlon wagte nicht, sich vom Platz zu rühren. Sechs Tage harrte der Zweijährige neben dem Vater aus, der plötzlich am Eßtisch gestorben war. Dann brach ein Freund der Familie die Londoner Wohnung auf. Shane hatte sich von Gemüse, Fisch, Butter und Cornflakes ernährt. Seine Eltern lebten getrennt.

Wie er wohl das Windelproblem gelöst hatte, der Kleine? Der Name Shane klang irgendwie weiblich. Vielleicht handelte es sich in Wahrheit um ein Mädchen? Die wurden ja angeblich früher sauber.

Säugling getötet. Le Havre – Ein zweijähriges Mädchen hat in Le Havre (Nordfrankreich) in einem Waisenheim ein drei Monate altes Baby erschlagen. Es hatte mit einer Spieldose aus Hartplastik auf den Kopf des Säuglings eingeprügelt.

Babysitter tötete zwei Mädchen. Berlin – Er sollte auf Nadine (5) und Christine (4) aufpassen. Im Haus am Prenzlauer Berg sprach man von dem als kinderlieb geltenden Nachbarn nur als dem netten »Onkel Herbert«. Doch der 58jährige wurde zum Mörder. Er brachte die beiden kleinen Mädchen um.

An Einzelheiten erinnert sich der Mann nicht. Auch ein Motiv konnte er nicht nennen. Gegen ihn erging Haftbefehl. Die Mutter der Kinder ist mit einem Schock zusammengebrochen.

Mutter warf Baby in den Fluß. Zur Polizei sagte sie: »Skinheads haben mein Kind entführt.«

Auch dies war im Ostteil Berlins geschehen. Marthe mochte nicht weiterlesen, das war alles zu traurig. Sie schaltete lieber wieder zu den Frauenmorden zurück, an die war man doch eher gewöhnt.

Totschlags-Prozeß: Ist das Alibi gefälscht? – Die junge Frau aus Iran weint, als sie vor Gericht aussagt. Ihre Schwester wurde am 23. August 1987 in Hamburg erdrosselt. Der wegen Geiselnahme und Totschlags angeklagte Ehemann D. (51) sitzt währenddessen scheinbar unbeteiligt im Gerichtssaal.

Der Bauingenieur soll zunächst seinen Stiefsohn in der gemeinsamen Wohnung gefesselt und in eine Kammer gesperrt und anschließend seine Frau getötet haben.

Die Schwägerin des Opfers sagt aus: »Meine Schwester hat mir erzählt, ihr Mann würge sie, weil er Geschlechtsverkehr wollte ...«

Jetzt konnte sie überhaupt nicht mehr weiterlesen. Die Buchstaben verschwammen ihr auf dem Bildschirm vor den Augen, es lag wohl auch an der langen Bahnfahrt, daß ihr etwas übel war. Marthe schloß die Augen und ließ den Kopf kreiseln, um die Verspannungen im Nacken zu lösen. Als sie die Augen wieder öffnete, blieb ihr Blick zufällig oben in einer Ecke des Zimmers haften. Was war denn da passiert? Lag es an der Übermüdung ihrer Augen, oder war es wahr, was sie sah, hatte sich dort wirklich eine schwarze Wolke mittlerer Größe vor die ehemals strahlend weiße Zimmerdecke geschoben? Ihr Blick ging einmal runter, hoch und wieder runter. Der Samowar. Der Samowar blakte! Ihr schöner, echt russischer Samowar rußte! Wenn sie weiter Tee trinken wollte, würde sie sich einen Elektro-Samowar zulegen müssen. Ob der sich aber mit Computer und Anrufbeantworter vertragen oder ob er die Magnetfelder stören würde? Immerhin wußte sie jetzt, woher das Land seinen Namen hatte. Ruß-Land.

Ihr wurde kicherig zumute. Sie brauchte dringend ein Gegengift zu den Frauen-, Mutter- und Kindermorden. Wer konnte nur etwas so Grausames fertigbringen, wie den Mord an einer Mutter? Aber mordeten die Frauen denn ihrerseits nicht auch? *Frauen töten ihre Rivalin. Bad Segeberg: Mord nach der Schule – mit einem Taschenmesser.* – Nein, das war kaum das Richtige, um sie aufzuheitern. Sie blätterte auf dem Bildschirm weiter. Schließlich, nach langem Suchen, fand sie das Zitat, das sie zu ihrer Aufheiterung brauchte. Es stammte aber nicht aus dem Abendblatt, sondern aus der taz:

Zuviel Milch und kein Blumenstrauß. Frau erstach Gatten / Grund: keine Rosen zum Hochzeitstag / Bewährung. Berlin – Die schmerzliche Kränkung, keinen Rosenstrauß mehr zum Hochzeitstag zu bekommen, veranlaßte eine 51jährige Kontoristin, ihren Mann mit einem Messer so zu verletzen, daß der 58jährige letztlich an einer Lungenembolie verstarb.

Zwei Tage vor dem Hochzeitstag, so die Urteilsbegründung, habe der Ehemann angekündigt, daß er den üblichen Rosenstrauß nicht kaufen würde. Er passe wegen seiner Leibesfülle nicht mehr in seine Hose. Die Rosen seien aber für die Angeklagte, wie es weiter in der Urteilsbegründung heißt, »in der Trostlosigkeit ihres Daseins das einzige Zeichen ihrer Anerkennung als Frau« gewesen. Gekränkt habe sie sich eine Flasche Wodka gekauft und am 5. Mai, dem Tattag, nach und nach geleert.

Die »erheblich angetrunkene« Angeklagte habe sich wiederum sehr verletzt gefühlt, als ihr Mann das extra für ihn zubereitete Essen kaum beachtet und statt dessen sein »Lieblingsgetränk Milch« habe zu sich nehmen wollen. Als er sich nach einem Verweis aus der Küche wehrte, habe die Kontoristin zugestochen.

Beim Wiederlesen fand Marthe die Geschichte gar nicht mehr so lustig, wie sie sie in Erinnerung gehabt hatte. Auch diese Frau war keine Täterin, sondern ein Opfer, was man schon allein an ihrem Alkoholkonsum bemerken konnte. Auch Carmen war ja »hochgradig intoxikiert« gewesen, noch dazu mit Mariacron, was irgendwie zu einer ledigen Mutter paßte. Marthe hatte es nie verstanden, warum in Kriminalromanen die Detektive, neuerdings besonders auch die Detektivinnen, ständig so viel hartes Zeug runterkippen mußten. Nur Opfer tranken, das war ihre Meinung. Ein Täter, jedenfalls einer von der interessanten Sorte, hatte nüchtern zu bleiben. Gaben die Autoren, deren Protagonisten derart dem Alkoholismus verfallen waren, damit nicht letztlich ein Signal, daß sie sich selbst mit den Opfern identifizierten? Sie würde einmal einen Krimi hinlegen, in dem nur Tee getrunken werden würde. Der müßte dann wohl in England spielen, oder in Ostfriesland. Oder nein, russischen Rauchtee würde sie bieten, jawohl, und nicht zu knapp. Am besten ginge sie schon morgen daran und korrigierte ihren Russenkrimi, an dem sie gerade saß, in diesem Sinne. Ersetze / Wodka / russischer Rauchtee /. Ein ganz einfacher Befehl war das.

Wenn schon nicht der Verehrer, mußte aber wenigstens der Computer sie noch einmal zum Lachen bringen, bevor sie ins Bett gehen könnte. Sie holte ihre Datei für Curiosa aus den Untiefen der Maschine hervor.

Ausbrecher blieb stecken. – Beim Versuch, nachts aus der ebenerdigen Gefängniszelle auszubrechen, klemmte sich ein 23 Jahre alter Strafgefangener zwischen Fensterrahmen und Fensterkreuz ein.

Der Insasse der Justizvollzugsanstalt Vierlande hatte das Glas aus dem Fenster entfernt und versucht, sich mit dem Kopf voran durch die 18 mal 24 Zentimeter kleine Öffnung zu zwängen. Mit seinem Becken blieb der Mann stecken.

Das reimte sich sogar! 23 Jahre alt war auch der Einbrecher in Neuburg an der Donau gewesen, der beim Einstieg in ein Kellerfenster steckenblieb. (»Als er bis zum Bauch in der Öffnung steckte, ging nichts mehr.«) Ob die Übereinstimmung im Alter der beiden Männer ein Indiz dafür war, daß die Zeitungsmeldung getürkt war?

Der Geburtstags-Räuber. – An seinem 51. Geburtstag überfiel ein Mann aus Sachsen-Anhalt den Aldi-Markt an der Bramfelder Chaussee. Der aus Halle stammende Räuber zwang den Filialleiter, ihm drei Stangen Zigaretten und 2500 Mark zu geben. Daß allein die Münzen 50 Kilogramm wogen, wurde dem kriminellen Jubilar zum Verhängnis.

Schon an der nächsten Straßenecke wurde ihm die Last der Münzen zu schwer. Der Mann versteckte die Tasche in einem Gebüsch, was das Mißtrauen eines Anwohners weckte. Der Passant wandte sich an einen Streifenwagen, der zusammen mit dem Polizeihubschrauber nach dem Räuber fahndete. Minuten später nahm die Polizei den Täter, der mit dem Geld seinen Geburtstag hatte feiern wollen, fest.

Schnullerdieb in Dortmund – Auf frischer Tat ertappt wurde in Dortmund ein Schnullerdieb. Hinterrücks hatte er einem Baby den Schnuller aus dem Mund gezogen, der Säugling fing an zu plärren. Passanten hielten den Mann fest, der 757 Schnuller bei sich hatte.

43 Jahre alter Mann vom Mobilen Einsatzkommando überwältigt. – Beamte des MEK haben gestern um 13:29 Uhr den offensichtlich geistesgestörten T. (43) in seiner Wohnung am Doormannsweg (Eimsbüttel) überwältigt. Er hatte mit einem Säbel seine Wohnung verwüstet und Polizeibeamte mit der Waffe bedroht.

Nachbarn fürchteten den Mann, der sich selbst die schillerndsten Titel gibt: Dr. Freiherr von T., Assessor, Provinzprokurator von Hamburg, König im Reich der Glückseligkeit und Baronin Desiree von der Augenweide ...

Die MEK-Beamten brauchten für die Festnahme nur drei Minuten: Dreimal hallte der Knall von Blendgranaten durchs Treppenhaus, dann war der Mann überwältigt. Er war grell geschminkt ...

Der Mann rührte Marthe. Seine Phantasie war einer Dichterin würdig. Aber seltsam, wie auch in den komischen Geschichten die handelnden Personen wiederum Männer zu sein schienen. Frauen handelten – und mordeten – anscheinend nur, wenn sie die Moral auf ihrer Seite hatten.

Kommt ein Mann ...

War das Kind als Zeuge vertrauenswürdig? Und wer hatte eigentlich bislang gehört, daß das Mädchen das gesagt hatte? Nur Frau Reinhardt selbst, oder? Na, die konnte ja viel erzählen, wenn sie ihren Sohn oder Lebensgefährten schützen wollte. Was sonst konnte die Reinhardtsche davon abgehalten haben, endlich zur Sache zu kommen?

Plötzlich überfiel Marthe ein ganz und gar ungeheuerlicher Verdacht.

6. Kassette

Na, haben Sie es gemerkt? Auf der vorigen Kassette habe ich Ihnen verraten, wer Carmen Kaempfe erdrosselt hat. Natürlich habe ich nicht direkt den Namen genannt. Aber sozusagen den Personenkreis, Alter, Geschlecht und sonstige Zugehörigkeit bezeichnet.

Und eine weitere Hilfestellung habe ich Ihnen noch dazugegeben, wie nennt man das doch gleich? Ja, die Lesart, wie Engelchens Zeugenaussage wohl zu verstehen sei. Nicht um den Inhalt geht es nämlich, sondern um den Reim als solchen. Sogar die Tatwaffe kommt vor, aber präzis. Haben Sie genau hingehört?

Na, nichts für ungut, eine olle Frau wie ich muß sich auch noch mal einen Scherz erlauben dürfen. Mit mir geht es dem Ende zu, ich bin alt und krank. Das heißt, so alt nun auch wiederum nicht. Es ist der Krebs, der mich älter macht, als ich eigentlich bin. Es war zuviel für mich, überstieg wohl mein Vermögen, dies Wissen in den letzten Jahren ganz allein auszuhalten und verkraften zu müssen. Mit Wissen meine ich nicht die Wahrheit über Wulf. Sicher, ich habe mit ihm gehadert. Daß er hinter so einer jungen Gans hergestiegen, ja, ihr sogar selber ungehörig gekommen ist. Daß er zu feige war, vor mir was zuzugeben.

Es war ja wohl ihr Brief, den er aus Angst vor mir oder der Polizei an ihrem Todestag vernichtet hat.

Aber Schwamm drüber, ich hab' ihn niemals darauf angesprochen. Zwischen uns sollte alles so weitergehen wie zuvor. Ja, ich spiele ihm noch jetzt was vor. In dem, was uns gemeinsam angeht und auch in den Dingen, die jeder für sich allein trägt, wie ich meine Krankheit. Ich wollte ihn nicht verlieren, können Sie das verstehen? Ganz alleine hätte ich dieses Wissen noch viel weniger aushalten können. Die Krankheit ist schon Preis genug, den ich zahlen muß.

Aber das Leben geht weiter, und ein bißchen Spaß muß sein. Auch ohne Carmen Kaempfe ist das Leben ja munter weitergegangen. Als hätte sie nie gelebt. Nicht einmal ihr Töchterchen scheint sie sehr vermißt zu haben. Zumindest damals nicht, vielleicht tut sie es heute, oder später, wenn sie noch älter sein wird. Denn irgendwann werden doch die Fragen kommen. Belastende Erinnerungen wohl kaum, dazu war sie ja glücklicherweise noch zu klein. Sie ist in eine Pflegefamilie gekommen, soviel ich weiß. Aber ich habe den Kontakt nicht weiter aufrecht gehalten. Das hätte ich denn doch nicht gekonnt.

Im Unterschied zu dem, was ich anfangs gedacht hatte, habe ich die Kleine nämlich doch nicht bei mir behalten mögen. Die Verantwortung wäre mir einfach zu groß gewesen. Ich hätte Angst gehabt. Wer weiß, ob ich mich nicht doch einmal verplappert hätte. Und was hätte sie das für den Rest ihres Lebens quälen können? Wer bürgt schon dafür, daß er seine Zunge immer im Zaum halten kann? Ich jedenfalls kann meine Worte nicht immer auf die Goldwaage legen. Ich habe ja auch Ihnen ehrlich herausgesagt, was ich zum Beispiel von Carmen Kaempfe hielt. Ein Flittchen war sie, ein dummes, verantwortungsloses Flittchen. Hat sich nicht entscheiden können, hat alle hingehalten, Peter, José, ja, sogar daß Wulf ihr nachstieg, würdelos um sie bettelte, hat dieses Früchtchen doch noch genossen. Machte ihr eben Spaß, die Männer um den Finger zu wickeln.

Auch meinen Dicki. Was hat der arme Junge sich noch für Vorwürfe gemacht. Er hielt sich tatsächlich für schuldig an ihrem Tod, noch lange Zeit hat er sich angeklagt. Daß er das hätte ahnen und sie da hätte rausholen müssen, und daß er selber auch nur mit ihr gespielt hätte, und er hätte das schreckliche Ende verhindern müssen! Mitleiderregend! Und ich konnte ihm doch unmöglich die Wahrheit sagen, er hätte sie ja verraten können. Und das hätte im Laufe der Jahre schließlich noch ganz andere Schuldgefühle zur Folge gehabt, schlimmere als die, die er sich je hätte machen können.

Aber wie hat er an ihr gehangen und sie durch die rosarote Brille gesehen! Ich hab' meinen Sohn nicht mehr verstehen können, auch nicht wollen.

Einige Tage lang war ich selber in einer ziemlichen Bredouille, ob Sie sich davon einen Begriff machen können? Hin und her gerissen war ich ja, ob ich was sagen sollte und wem und wieviel. Es war natürlich so, daß die zerstörte Siegelmarke sofort am nächsten Tag entdeckt wurde, und gleichzeitig mußte auch meine Briefsendung bei der Kriminalpolizei eingegangen sein. Da waren sie gewissermaßen im Zugzwang. Ich selber wurde natürlich nicht verdächtigt, damit hatte ich auch im Ernst nie gerechnet. Wer verdächtigt schon eine Hausfrau und Tagesmutter?

Den Peter haben sie zuerst verhaftet, der hatte der Toten als Vater ihres Kindes natürlich am nächsten gestanden. Aber der hatte ein hieb- und stichfestes Alibi für die in Frage stehende Zeit. Keine Freundin, sondern der hatte unter Zeugen bei der Post Pakete gestemmt. Und da mußte dann als nächster dieser Mike dran glauben. Dem bin ich ja leider nie persönlich begegnet, ich weiß also bis heute nicht, wie er aussieht. Aber leid getan hat er mir schon, als er sich da so unschuldig in Untersuchungshaft wiederfand. Ich wußte es ja, daß er nichts damit zu tun hatte, und es sah erst überhaupt nicht gut für ihn aus. Trotzdem, ich hielt es für besser, erst mal abzuwarten und zu schweigen. Nicht aus Feigheit, das dürfte Ihnen inzwischen wohl klar geworden sein, ich habe keine Angst, mit der Wahrheit rauszurücken. Ich überlegte immer nur, was das Beste für Engelchen wäre. Davon ließ ich mich leiten. Am besten für sie in der damaligen Situation, wo sie mir anvertraut war und ich sie behüten durfte – und mußte. Und am besten für ihren weiteren Lebensweg. Wo doch nicht das geringste Interesse an dem, was wirklich passiert war, bestehen konnte. Das hätte doch nur Qualen ausgelöst.

Und das müssen Sie mir glauben, wenn es schlecht ausgegangen wäre für den armen Herrn, dann wäre ich sofort hingegangen und hätte ausgesagt. Zum Glück ließ man ihn mangels Beweisen frei, und deshalb habe ich alles schön auf sich beruhen lassen können.

Ich war, wie Sie sich vorstellen können, ziemlich ernüchtert am Ende jener Nacht, die ich lesend auf meinem Sofa verbracht hatte. Überm Ende des Tagebuchs bin ich tatsächlich auf dem Sofa, halb im Sitzen, halb im Liegen, eingeschlafen, bin einfach eingenickt. Da kam schon das Morgengrauen. Komisches Wort. Das Grauen am Morgen.

Na ja, irgendwann wachte dann natürlich Engelchen auf. Sind ja immer die ersten, die morgens putzmunter sind, wenn sogar unsereins noch schlafen will. Da braucht man gar keine solche Langschläferin zu sein, wie Carmen Kaempfe es war. Engelchen kam denn also angekrabbelt. Sie konnte ja inzwischen allein aus ihrem Klappbettchen bei uns rausklettern, so übers Gitter rollen und sich einfach fallen lassen – bei sich zu Hause hatte sie das natürlich nicht nötig, da gab es ja die praktische Schlupfsprosse am Gitterbett. In der einen Hand ihre Spieldose, in der anderen einen Schnuller. Ich hab' sie frisch gewickelt und ihr ein paar warme Socken angezogen, damit sie keine kalten Füße bekommt, und dann habe ich es mir gegönnt, mich noch ein bißchen auf mein Sofa zu kuscheln. Und sie spielte da so zu meinen Füßen, wuselte um mich herum, kitzelte mich wohl auch ein bißchen am Arm.

»Tille, tille ...«

Und dann spazierten ihre Fingerchen so niedlich meinen Arm rauf, von der Hand über die Ellenbogenbeuge bis zur Schulter und weiter hinauf zum Ohr, und da zupfte sie mich so zart dran. Das war zu süß!

»Ei! Tommt ein Mann die Treppe rauf ...«

Kennen Sie das Kinderspiel? Sie hatte es wohl mit

ihrer Mutter gespielt, und das war's, was sie mir jetzt mitteilen wollte.

Von ferne drang das Liedchen ihrer Spieluhr an mein Ohr, da nickerte ich wieder drüber ein.

Und plötzlich spürte ich, wie sich mir etwas um die Kehle legte und mir die Luft abschnürte, ja, ich bekam keine Luft mehr. Mit einem Schlag war ich wach und riß mir die Bedrohung, was immer es war, hastig vom Hals. Und denken Sie, es war die Strippe der Spieluhr, die Engelchen, wohl eher versehentlich als absichtlich, um meinen Hals gelegt hatte. Und dann hatte sich die rote Kugel, an der man festhält, wenn man die Spieluhr aufzieht, einmal so um die Schnur herumgeworfen, daß es eine schöne Schlaufe ergeben hatte. Und nun spulte die Spieluhr ihr Liedchen unerbittlich ab, und die Schlaufe zog sich langsam, aber sicher zu, derweil Engelchen gerade meine Füße kitzelte. Ich glaube, sie hat das gar nicht mitgekriegt.

Zum Glück hatte ich nicht sehr fest geschlafen. Und hatte nicht, wie Carmen Kaempfe, eine mittlere Alkoholvergiftung im Blut. Ich riß mir also die Schnur vom Hals und setzte mich auf. Für mich war's leicht, aber mein Herz pochte wie wahnsinnig.

Kindchen! Kindchen!

Die Kleine hockte zu meinen Füßen und sah mich mit ihren großen blauen Unschuldsaugen an.

»Tille, tille«, sagte sie freundlich und streckte ihre Ärmchen nach mir aus.

Marthe hatte alles vorbereitet, um den Druck zu setzen. Ihr Spritzbesteck, Tempotuch und Wattestäbchen lagen auf einer staubfreien Unterlage auf dem Tisch. In der letzten Zeit war sie zu Einwegspritzen übergegangen, aus Polypropylen, wie sie täglich zu Tausenden in Deutschlands Krankenhäusern anfielen. Das war zwar immer noch nicht ganz hundertprozentig umweltfreundlich von ihr gehandelt, aber irgendwie mußte man ja für die Nachfüllung sorgen. Angeblich war es unproblematisch, Spritzen und Kanüle über den Hausmüll zu entsorgen. Man sollte sie nur außerhalb der Reichweite von Kindern aufbewahren ...

Wie anscheinend auch das eigens für sie bestimmte Spielzeug. Unglaublich, was da alles passieren konnte.

Gleich, nachdem sie Frau Reinhardts Sendung zu Ende gehört hatte, war Marthe ins nächste Spielzeuggeschäft geeilt, um sich eine Spieldose zuzulegen. Eine blau-weiß karierte Maus, die Mozarts Kleine Nachtmusik abnudelte. Vierzig Zentimeter maß die Schnur daran, sollte sie je wider Erwarten ein Kind haben, würde sie dessen Schlafmusik auf zehn Zentimeter verkürzen, beschloß Marthe.

Da sie in der Hektik nichts Besseres in ihrer Küche fand, machte sie das Experiment mit einem Beutel Kartoffeln, der allerdings nur zweieinhalb Kilo wog. Insofern mogelte sie ein bißchen. Aber tatsächlich zog die Strippe die Kartoffeln über Marthes Küchentisch. Dann gab die Maus ihren Geist auf. Sie war offensichtlich in Deutschland hergestellt.

Marthe nahm die Spritze und die Kanüle aus der Verpackung. Sie entfernte die Verschlußkappe an der Spritze und zog die Kanüle aus dem Köcher. Dann steckte sie die Kanüle auf die Spritze. Inzwischen hatte sie einige Routine bei der Handhabung erlangt. Mit geübtem Griff stach sie nun die Kanüle durch das kleine Loch und schob die Spritze bis zum Anschlag vor. Ganz langsam drückte sie den Inhalt der Spritze ins Innere. Nach erfolgreich durchgeführter Injektion fühlte sie sich sogleich besser.

Das Wattestäbchen brauchte sie heute nicht, es war ihr ausnahmsweise gelungen, Tintenkleckse zu vermeiden. Nun setzte sie noch schnell die gefüllte Kartusche in den Tintenstrahldrucker zurück und drückte die PRIME-Taste. Alles war vorbereitet, sie konnte daran gehen, Frau Reinhardts Geschichte aufzuschreiben. Unwillkürlich pfiff sie dabei vor sich hin, sie merkte es erst gar nicht. *Knusper, knusper, knäuschen, wer knuspert an mei'm Häuschen?* In Gedanken sang sie die Antwort weiter.

Haffmans Kriminalromane im Heyne-Taschenbuch

Lia Matera

Mit Elan und Sprachwitz stürzen sich die beiden Heldinnen, Laura Di Palma und Willa Jansson, in ihre lebensgefährlichen Abenteuer. Lia Matera beweist, daß sie eine legitime Enkelin von Agatha Christie und Patricia Highsmith ist.

05/75

Außerdem erschienen:

Altlasten
Kriminalroman mit Willa Jansson
05/8

Der aufrechte Gang
Ein Laura di Palma-Kriminalroman
05/31

Harte Bandagen
Ein Laura di Palma-Kriminalroman
05/56

Wilhelm Heyne Verlag
München